강릉 사람이 쓰고 그린, 있는 그대로 강릉

# 도란도란 강릉 이야기

강릉 사람이 쓰고 그린, 있는 그대로 강릉

# 도란도란 강릉 이야기

펴낸날 | 2021년 12월 10일

지은이 | 최현숙

편집 | 정미영
디자인 | jipeong
마케팅 | 홍석근

펴낸곳 | 도서출판 평사리 Common Life Books
출판신고 | 제313-2004-172 (2004년 7월 1일)
주 소 | 경기도 고양시 덕양구 중앙로558번길 16-16, 7층
전 화 | 02-706-1970  팩 스 | 02-706-1971
전자우편 | commonlifebooks@gmail.com

재단
법인 강릉문화재단
GangNeung Culture & Arts Foundation
이 책은 (재)강릉문화재단 후원으로 출판되었습니다.

강릉 사람이 쓰고 그린, 있는 그대로 강릉

# 도란도란 강릉 이야기

최현숙 지음

평사리
Common Life Books

강릉은 아름답습니다. 산과 들과 바다와 호수가 자리하며 순박한 사람들의 말씨도 정겹습니다. 봄에는 산마다 꽃으로 향긋하고, 초여름에는 하얀 감자꽃이 들판에 가득합니다. 무더운 여름에는 바닷바람에 실려 온 파도로 해수욕하는 재미가 쏠쏠합니다. 가을에는 단풍이 대관령을 물들이고 감나무 가지 끝에는 노을을 닮은 홍시가 익어 갑니다. 겨울에는 눈이 쌓인 하얀 길을 따라 걸을 수 있습니다. 어릴 적에 저는 눈 쌓인 뒷산 언덕바지에서 미끄럼을 탔고, 스케이트로 얼어붙은 경포호수 위를 달렸습니다.

강릉은 오랜 역사와 전통문화를 품고 있습니다. 강원도의 유형·무형문화재는 대략 600건입니다. 그중 110건 정도가 강릉에 있으니 강원도의 문화재 중 25퍼센트를 강릉이 보유한 셈입니다. 고택과 사찰, 고스란히 남은 유물과 유적, 유·무형문화재로 강릉은 역사란 나이테를 겹겹이 두르고 있습니다.

강릉은 21만 5천여 명이 사는 중소규모의 도시이지만 행정이나 교육은 역동적입니다. 평생학습도시 강릉은 시민들의 배움을 지원하는 프로그램이 잘 되어 있습니다. 무엇보다 크고 작은 도서관들을 합하면 그 수가 대도시에 비해 결코 적지 않습니다. 강릉은 유네스코 창의도시 네트워크의 회원 도시이고, 2018평창동계올림픽 빙상경기를 너끈하게 치러 낸 도시입니다. 2020년 문화체육관광부가 강릉을 '관광거점도시'로 선정했고 2021년에는 '법정문화도시'가 되었습니다. 천년 역사를 잇는 '단오제'가 봄에 열리고 '커피축제'가 가을에 열려서, 강릉 문화를 즐기려는 사람들에게 볼거리, 즐길 거리, 먹을거리를 풍족하게 제공합니다.

저는 강릉에서 나고 자라고 오늘도 살며 강릉에 대한 자부심과 긍지를 가지고 있습니다. 사실 어릴 적에는 강릉이 좋은 줄 몰랐고 답답하기까지 했습니다. 하지만 지금껏 살아 보니 이만큼 좋은 도시는 어디에도 없다는 생각입니다. 무엇보다 맘만 먹으면 하시라도 동해의 푸르름을 눈 맞춤할 수 있어서 더욱 좋습니다.

《도란도란 강릉 이야기》를 쓰게 된 것은 강릉의 문화자산을 소개하고 틈틈이 쌓았던 강릉 공부를 정리하고 싶었기 때문입니다. 그림을 정식으로 배우지 않았지만 색연필이 손에 닿으면 어설프더

라도 그렸고 또 글로 덧댔습니다. 지나간 1년, 색연필로 도톰하게 그려 왔던 이 시간이 저에게는 무척 힘들었습니다. 코로나19로 일할 수 없었습니다. 큰 돈벌이는 아니지만, 도서관이나 복지회관에서 강의를 맡아 준비하며 스스로 성장해 왔는데, 그 일을 못하니 답답했습니다. 청년인 아들은 회사를 그만두고 이직을 준비했는데 코로나19로 취업 시장은 꽁꽁 얼어붙었습니다. 특히 경력직 채용 시장은 바늘구멍이 되었고 번번이 아쉬운 소식만 전해졌습니다. 이에 실망하는 아들을 보면 맘이 아렸습니다. 게다가 남편은 암 수술을 받은 후 지난한 치료를 이어 가야 했습니다. 끝이 보이지 않는 코로나 대유행과 함께 고통스러워하는 아들과 남편을 보며 저도 힘들었습니다. 때로는 다가올 미래가 두렵고 불안했습니다. 제 마음에도 우울이 찾아왔습니다.

사람은 주위 환경에 영향을 받는 연약한 존재입니다. 어려우면 자기 안으로 파고들어 고립을 자초하고 외로움으로 힘들어 합니다. 저는 제게 닥친 어려움을 어떻게 견딜까 생각했습니다. 마침 집에 굴러다니는 색연필이 눈에 들어왔습니다. 그랬습니다. 수채화와 달리 색연필로 그림을 그리니 붓도, 물감도, 팔레트도, 화판도 필요 없었습니다. 캔버스에 물감을 칠하고 마르기까지 기다려야 하는 유화와도 달랐습니다. 색연필과 종이만 있다면 언제든, 어디서든 그릴 수 있었고, 잘못 그렸으면 지우개를 써서 다시 손보면 되었습니다. 색감도 부드럽고 포근했습니다.

　사실 별일이 없이 글을 억지로 쓰려면 머릿속이 백지마냥 막막한 경우가 많습니다. 그런데 희한하게도 색연필로 먼저 그리고 나니 글이 써졌습니다. 신기했습니다. 색연필의 질감이 따뜻해서인지 묻어 두었던 한 자락 감성도 문장이 되어 슬며시 끌려 나왔습니다. 담담하고 때론 먹먹했습니다.

　제가 그린 어설픈 색연필 그림을 남편이 참 좋아합니다. 곁에 시한부 환자를 둔 것처럼 갖가지 두려움이 몰려오기도 했고, 소중한 이를 잃으면 어쩌나 불안하기도 했습니다. 그때마다 색연필을 꺼내 그림을 그리고 글을 썼습니다. 그러고 나면 긍정 기운과 감사 기운과 좋은 에너지가 몸에 흘렀습니다. 색연필로 그리는 시간은 일상의 소중함을 일깨웠고 평온함을 돌려주었습니다. 색연필이 글이 되는 시간은 행복했습니다.


　강릉의 자연과 문화, 옛이야기 그득한 강릉의 문화재, 강릉 사람들이 먹어 온 음식, 강릉 여인의 손길이 닿은 자수와 그림에 대하여 글로 쓰고 그림으로 붙잡았습니다. 무엇보다 색연필을 쓴 덕에 위로 받았고 치유되었습니다. 이렇게 완성된 그림 90장은 부교재용 컬러링북으로도 나왔습니다. 또 강릉시 평생학습관에서 준비한 '똑똑해지는 한글교실'의 학습자들이 쓸 수 있게 기부했습니다. 코로나19로 학습관에 오지 못했던 고령의 학습자들이 색칠하며 기뻐하는 모습에 보람을 느꼈습니다.

그와 함께 강릉문화재단에서 책 출간 지원금을 받게 되었다는 반가운 소식과, 아들이 재취업에 성공했다는 기쁜 소식이 날아들었습니다. 남편은 힘든 항암 치료를 끝내고 회복 중입니다. 저도 재미나게 할 일을 찾았습니다.

살면서 누구나 아프기도 하고 뜻하지 않게 불행을 맞게 됩니다. 색연필로 그림을 그리고 글을 쓰던 시간들은 제 삶을 가꾸는 소중한 시간이었습니다. 색연필이 저를 따뜻하게 품어 주었던 기운을 함께 나누고 싶습니다. 정말 어설픈 그림에 글을 썼습니다. 《도란도란 강릉 이야기》가 강릉을 알고 싶은 분들에게는 앎을 나눠 주고, 강릉을 추억하는 분들에게 그리움이 샘솟는 시간이 되길 바랍니다.

2021년 12월

저자 최현숙

# 강릉으로 마카 오시우야!

(강릉으로 모두 오세요!)

# 차례

## 1부

# 그리움의 맛

## 갯방풍죽

바닷가 이슬 먹고 자란
새순의 달콤함

갯방풍은 바닷가 모래땅이나 바위 틈새에서 자라는 식물입니다.
해안이 넓고 길게 펼쳐진 강릉 바닷가에서는 쉽게 구할 수 있었죠.
풍을 예방해 준다고 해서 방풍이라고 합니다. '갯기름나물'이라고
도 하는데요. 특유의 향이 있어 쌉싸름하면서 달콤한 맛이 납니다.
《홍길동전》의 저자 허균의 외가는 방풍이 많이 나는 강릉 사천
이랍니다. 허균이 유배 생활을 할 당시, '푸줏간 앞을 지나면서 입
맛을 다신다'는 뜻으로 지은《도문대작》에는 팔도의 산해진미를
직접 경험하고 느꼈던 맛과 그 음식을 만드는 법까지 기록해 놓았
죠. 허균은 '강릉 바닷가에서 새벽에 이슬을 맞으며 막 돋아난 방풍
의 새순을 뜯어 끓인 방풍죽은 사흘이 지나도 입 안에 단맛과 향이
가득하다'라고 칭찬했습니다.《도문대작》을 읽을 때 원문 해석본을

보내 준 장정룡 교수의 글을 읽으며 도움을 받았습니다.

방풍나물은 죽이나 떡을 해 먹을 수도 있고 무쳐 먹어도 맛있습니다. 강릉시에서는 옛 사람들의 지혜를 되살려 방풍을 활용한 특산품을 만들려고 노력했습니다. 강릉향토음식연구회(1998년 창립)는 10여 년간 강릉시농업기술센터의 도움을 받아 강릉 지역 음식을 조사하고 자료를 수집했습니다. 강릉 일대 해변에서 갯방풍을 찾아《도문대작》의 기록에 따라 갯방풍죽을 만드는 방법도 재현했지요. 갯방풍을 쉽게 재배하는 법을 널리 보급하자 사람들은 갯방풍을 넣어 만드는 음식을 개발했어요. 방풍죽, 방풍 물회, 방풍 멍게 비빔밥, 방풍 해물찜, 방풍 장아찌, 방풍 기정떡이 그 대표랍니다. 쌉싸름한 맛과 달큰하고 짭조름한 맛이 있는 멍게는 방풍과도 잘 어울려요. 멍게 살을 발라 방풍 나물과 초고추장과 참기름, 잘게 썬 김, 통깨, 약간의 야채를 넣어 비벼 먹으면 입맛이 절로 납니다.

예전에 '죽도 못 먹을 형편'이라는 말이 있었지요. 가난을 은유적으로 표현한 말인데요. 가난하여 힘들게 살던 시절에 쌀이 부족해서 보리나 잡곡으로 죽을 쑤어 먹었어요. 잡곡마저도 부족하면 무, 쇠비름, 냉이, 시래기를 많이 넣어 식구들 배를 불렸어요. 한국전쟁과 산업화 과정을 겪었던 1950년대와 1960년대의 가난을 기억하는 분들에게 '죽'은 배고픔과 서러운 가난을 떠올리는 음식일 수 있습니다. 하지만 이제 죽은 다양한 재료로 만드는 건강식으로 먹기

편하고 소화가 잘 되는 음식이 되었습니다. 죽을 먹을 때는 소금으로 기본 간을 하기 때문에 반찬 없이도 먹을 수 있고 설거지도 간편해서 더 좋습니다.

갯방풍죽 역시 몸과 마음을 편안하게 해 주는 따뜻한 음식입니다. 갯방풍죽을 만드는 방법은 어렵지 않습니다. 방풍을 깨끗이 씻어 국물을 우려낸 뒤 물은 그대로 두고 방풍만 건져 내어 채를 썰어요. 쌀은 방풍을 삶아 낸 물에 끓이면 되죠. 쌀이 퍼지면 덧물을 붓고 잘 저어 주며 한소끔 끓이면서 고명으로 쓸 방풍만 남겨 두고 나머지를 넣어 끓입니다. 쌀이 퍼지면서 죽이 되면 그릇에 담은 뒤, 채 썬 방풍을 고명으로 얹어 소금을 곁들이면 됩니다. 봄이 오면 새로 돋아난 갯방풍의 새순을 맛보며 남들보다 한발 앞서 봄 향기를 느껴 보는 것도 좋습니다.

# 개두릅

## 해살이마을의 아삭아삭하고
## 쌉싸래한 봄나물

연둣빛 물이 오르는 봄은 산나물의 계절입니다. 이런 봄날에 강릉 사람들이 좋아하는 나물인 개두릅에 대해 이야기하려고 합니다. 개두릅은 음나무 순이랍니다. 옛사람들은 음나무에 돋은 가시가 귀신이나 도깨비를 쫓아낼 것이라 생각해 울타리에 심기도 했습니다. 예전에는 귀신을 쫓는 나무라는 생각 때문에 여린 순을 못 따게 했을 수도 있겠죠. 그러나 그 맛에 반해 먹기 시작했을 겁니다. 하찮게 여기는 것에 붙이던 접두사 '개'를 맛 좋은 개두릅에 왜 붙였는지 이해가 되지 않아요. 개두릅은 이름처럼 쓸데없는 나물이 절대 아닙니다. 참두릅에 비해 맛이나 영양이 절대 뒤지지 않습니다. 개두릅은 인삼처럼 사포닌이 많아 항암 효과도 높아 '산삼나물'이라 불렀습니다. 산나물로는 드물게 미네랄과 식이섬유가 풍부해

위경련이나 위궤양 같은 위장병 치료에 도움을 준답니다. 그런 효능 때문에 조상들은 예로부터 음나무를 한약재로 써 왔습니다.

개두릅은 20여 년 전만 해도 아는 사람만 먹었습니다. 주로 산기슭이나 골짜기에서 자라던 음나무였기에 개두릅은 시골 장날에나 볼 수 있었거든요. 하지만 이제는 재배가 가능해졌습니다. 가지를 잘라 순을 올리는 참두릅과 달리 개두릅은 음나무에서 자연 상태로 자라요. 재배라 해도 자연산 그대로라고 보면 됩니다.

강릉 사천면 해살이마을은 개두릅 재배 단지로 유명합니다. 매년 개두릅 축제도 열려요. 강릉에서 생산되는 개두릅은 전국 대비 40퍼센트를 차지할 정도로 양이 많답니다. 4월에서 5월 초까지 한시적으로 먹을 수 있죠. 쌉싸름하고 향긋한 개두릅나물의 연한 식감은 특별해요. 삶아서 냉동 보관할 때는 개두릅 삶은 물을 버리지 말고 남겨 두었다가 비닐에 함께 넣어 얼리면 개두릅의 향이나 식감도 잘 보존할 수 있답니다.

개두릅뿐만 아니라 봄나물을 사계절 내내 먹는 방법은 살짝 데쳐서 물기를 짜지 않고 흥건한 상태에서 먹을 만큼 비닐에 담아 냉동 보관했다가 해동해 먹으면 됩니다. 단, 냉동 보관할 때 나물의 물기를 꼭 짜서 보관하면 나물이 말라서 질기고 맛이 없기 때문에 물기를 짜지 않고 얼리는 게 좋습니다.

개두릅은 잎과 줄기가 연해 상온에 조금만 놔두어도 잎이 녹아

요. 그렇기 때문에 연할 때 쌈도 싸 먹고 약간의 소금을 묻혀 들기름 넣고 무쳐 먹어도 좋아요. 개두릅나물밥, 개두릅김밥, 개두릅장아찌로 해 먹어도 맛있죠. 달걀을 풀어 표고버섯도 송송 썰어 넣고 부침개로 해 먹으면 영양 가득한 보약이 됩니다. 좋은 사람들과 함께하는 개두릅전과 막걸리 한 잔이면 마음은 행복으로 가득해진답니다. 춘곤증으로 나른해지기 쉬운 봄날에 입맛 돋우는 개두릅의 아삭아삭한 식감과 쌉싸래한 향으로 몸과 마음의 피로까지 날려보시기 바랍니다.

쇠미역과 참미역

# 세상에서 가장 따뜻한 음식

세상에서 가장 따뜻한 음식, 사랑과 정성이 없다면 끓이기 어려울 음식은 바로 미역국입니다. 결혼 후 아이를 낳고 엄마가 끓여 주신 미역국을 먹으며 울컥했습니다. 산고를 겪은 딸을 위해 사골국물에 정성껏 끓여 주신 미역국을 한 숟가락씩 목구멍으로 넘기며 목이 메었습니다. 엄마에 대한 고마움과 미안함이 뒤섞인 감정 때문이었죠. 엄마도 나를 뱃속에 품은 열 달 동안 생명이 왔음에 기뻐하고 하늘이 노래지는 출산의 고통을 견디셨을텐데 그 마음도 모르고 이때껏 툴툴거리고 서운하게 했던 일들이 떠올라 부끄럽고 죄송했습니다.

"아기 엄마가 부지런히 먹어야 젖이 잘 나온다."

하면서 안쓰러운 눈빛으로 저를 쳐다보던 모습이 눈에 선합니다. 미역국을 끓이는 엄마는 얼마나 행복했을까요? '사랑'과 '행복'이 섞인 미역국입니다. 가족의 생일에 빼놓지 않고 끓여 주시던 미역국만큼 마음을 감싸 주는 음식은 아마 없을 것입니다.

물이 맑고 플랑크톤이 풍부한 강릉 앞바다에서 나는 자연산 미역은 다른 지역 미역보다 훨씬 부드럽고 맛있습니다. 지금은 부산시 기장면에서 대량으로 양식한 미역이 전국적으로 팔려 나가지만, 예전에는 강릉 정동진과 안인 일대 청정한 바다에서 채취한 미역은 최고의 품질을 자랑했습니다. 조선시대에는 임금님께 올리는 진상품이기도 했습니다.

동해안에서 채취하는 쇠미역은 늦은 2월부터 모습을 나타내기 시작합니다. 깊은 바다 밑이나 바닷가 바위에 붙어 자라는데, 태풍이 지나간 뒤 해안가에 밀려온 것을 바닷가에 사는 사람들이 줍기도 했습니다. 본격적으로 채취하는 3월경에는 어부들이 작은 배를 타고 나가 바위 밑에 붙은 쇠미역을 따옵니다. 채취 기간도 20일 정도로 짧습니다.

쇠미역은 줄무늬가 울퉁불퉁하고 손바닥처럼 넓적한 잎에 구멍이 숭숭 뚫려 있습니다. 50센티미터의 작은 잎은 쌈을 싸 먹고, 다 자라서 두께가 두꺼운 것은 말려서 다시마처럼 튀겨 먹기도 하고 불려서 장국 끓일 때 넣어 먹기도 합니다. 찹쌀 풀을 발라 말린 다음 튀겨서 먹는 부각은 겨울에 먹어도 봄바다 향을 느낄 수 있습니

다. 어떻게 먹어도 맛있지만 저는 방금 딴 것을 살짝 데쳐 쌈을 싸 먹거나 초고추장에 찍어 먹을 때가 제일 좋습니다.

쇠미역은 향긋한 바다 내음을 풍기고 부드럽고 연한 질감이 있어 봄에 입맛이 없을 때 식욕을 촉진시켜 줍니다. 모내기철 못밥 나갈 때 빠지지 않는 반찬이었지요. 원래 갈색이지만 살짝 데치면 초록빛으로 변하면서 맛이 훨씬 부드러워집니다. 떫은맛도 없어지죠. 대표적인 알칼리성 식품으로 혈액을 맑게 한다니 많이 먹어야겠지요.

물이 맑고 플랑크톤이 풍부한 동해안에서 나는 미역은 두 종류입니다. 얕은 바다에서 나는 것은 참미역 즉 돌각이고, 깊은 바다에서 나는 것은 수심각이라 부릅니다. 돌각은 바위에 붙어 자라는데 조류의 이동이 심한 곳에서 파도를 많이 맞아 육질이 단단하고 탱탱해 깊은 맛이 납니다. 반면 수심각은 깊은 바다에서 자라다 보니 길게 웃자라 뻣뻣하면서 잎이 얇아요. 미역국을 끓일 때는 돌각이 최고입니다. 푸른 바다의 선물인 동해안 미역도 양식에 성공했다는 반가운 소식이 들려옵니다. 동해는 물살이 세고 조류가 빨라 양식이 어렵다고 했는데 2020년 강문어촌계 협동양식장에서 미역, 쇠미역, 다시마 종자를 포설하는 데 성공했다고 합니다.

미역 이야기를 쓰다 보니 씹을 사이도 없이 목구멍으로 술술 넘어가던 부드러운 미역국을 끓여 주신 어머니 생각이 간절합니다. 세상에서 가장 따뜻한 음식입니다.

## 부새우

경포호수에서 뜰채로 건졌던
추억의 맛, 곤쟁이

강릉에서만 볼 수 있는 부새우는 아마 세상에서 가장 작은 새우일 겁니다. 몸길이가 5밀리미터 정도로 작고 투명합니다. 물에 뜬다고 하여 뜰 부浮 자를 써서 부새우라 하지요. 민물에 살며, 크기가 작아 잉어나 붕어의 먹잇감이 되곤 합니다. 경포호수에서 겨울이 끝나고 봄이 오면 강문이나 모아니골에 사는 사람들은 하얗게 몰려다니는 부새우를 건져 올렸습니다. 날씨가 따뜻해지고 오후 해가 높아질 때 호수 위로 떠오르는데 이때 뜰채를 이용하여 잡았습니다. 부새우 한 대접에 감자 반 말 등으로 물물교환을 했죠.

작은 부새우 손질은 세심한 작업이 필요합니다. 우선 둥글고 납작한 뜰채에 건져 올린 부새우를 한 줌 떠서 넓고 깨끗하고 하얀 쟁반 위에 골고루 펼쳐 놓습니다. 그런 뒤 핀셋으로 잡티를 하나하나

집어내고 남은 것을 깨끗한 그릇에 옮겨 담는 작업을 여러 번 해야 좋은 상품이 됩니다. 예전에 부새우가 나는 시기가 되면 경포호수에서 뜰채로 떠서 골목마다 싣고 다니며 "부새우 사세요!" 하고 외치는 사람도 있었습니다. 지금은 거의 사라져 볼 수 없는 모습이지요.

부새우는 원래 바다에 살았지만 강릉의 경포호수와 주문진 향호 같은 기수호沂水湖 환경에 적응해 살아왔습니다. 기수호란, 아주 오래 전에는 육지 안으로 깊숙이 들어온 바다였지만 긴 시간 동안 그 입구에 모래가 쌓이면서 서서히 바다와 분리된 호수를 말합니다. 민물과 바닷물이 섞여 소금기가 적은 호수라고 보면 됩니다.

강릉에서만 맛볼 수 있는 부새우는 잡는 즉시 소금을 뿌려 삭혀요. 몸집이 작고 살이 연해서 오래 삭히면 형체가 분해되어 볼품이 없어지기 때문에 조심해서 다루어야 합니다. 알맞게 삭으면 고운 고춧가루와 푸릇한 고추, 붉은 고추, 파를 송송 썰어 넣고, 다진 마늘과 볶은 깨를 넣어 잘 버무려 냉장고에 두고 밑반찬으로 먹습니다. 오뉴월에 담근 것은 무더위에 입맛을 잃었을 때 맛있게 먹을 수 있고, 가을에 잡은 것은 긴 겨울을 지낼 때 입맛을 이끌어 준답니다.

어렸을 때 다들 부새우를 좋아해서 봄이면 밥상에 자주 올라오곤 했습니다. 맑은 물로 여러 번 씻어 낸 부새우에 소금을 뿌리고 부뚜막에 올려놓은 뒤 그 온기로 삭혔어요. 삭힌 부새우를 뚝배기

에 넣고, 물을 약간 부은 후 애호박을 송송 썰어 넣고, 잘게 썬 파를 넣고, 그 위에 고운 고춧가루를 살짝 뿌린 다음 알맞게 끓여서 먹었습니다. 부새우는 짜지 않아서 그냥 반찬으로 해도 되고 밥에 얹혀 비벼서 먹어도 좋아요. 특유의 감칠맛이 입맛을 돋운답니다.

강릉 사람들은 부새우를 '곤쟁이'라고도 했습니다. 강릉 사투리로 '곤재~이'라고 부를 때가 있는데요. 화가 나서 삐진 사람이 며칠씩 말을 하지 않거나 마음이 비좁아진 사람한테 쓰는 말이죠. 어떻게 쓰이는 지 예를 한번 들어 볼게요.

"순덕이 벨메이 곤재이잔나. 머이 우쩨다 한 번 삐지문, 몇 날 메칠이 지내두 먼저 말으 하는 뱁이 읍사. 쌔초롬해서 사래미 겉에 있어두 채더 보지두 안 해."

무슨 말인지 모르겠다고요? 번역해 볼게요. "순덕이 별명이 곤쟁이잖아. 어쩌다 한 번 토라지면 며칠이 지나도록 말을 하지 않아. 새초롬해 사람이 곁에 있어도 쳐다보지도 않아."라고 이해하면 됩니다. 곤쟁이가 아주 작다 보니 형태를 사람의 성정에 비유해 표현했을 정도로 강릉 사람들에게 부새우는 아주 익숙한 식재료였습니다.

이제 경포호에서는 생태계 보호를 위해 부새우잡이를 금하고 있습니다. 그래도 초여름이면 몰래 잡아 팔기도 합니다. 주문진 향호에서 잡을 수 있다고 하지만 부새우는 앞으로 특별한 상상 속 음식이 될지 모릅니다. 추억 속의 맛이 될지도 모르겠네요.

## 감자적과 감자떡과 감자옹심이

# 첫 소댕이는 만든 사람이 먹는 거야

강릉에서는 감자전을 '감자적'이라고 부릅니다. 감자전은 얇은 느낌인데 감자적은 좀 더 두툼하게 지져 쫀득한 식감을 더 강하게 느낄 수 있습니다. 감자적을 하는 과정은 간단합니다. 감자를 강판에 갈아 체에 거른 후 건더기는 따로 건져 놓고 국물을 놔두면 밑으로 녹말이 가라앉아요. 이때 물은 버리고 가라앉은 녹말과 감자 건더기를 섞어요. 여기에 호박이나 부추를 썰어 넣고 소금을 약간 넣습니다. 기호에 따라 청양고추를 송송 썰어 조금 넣으면 고추의 매콤한 맛이 기름 냄새의 느끼함을 싹 잡아 줍니다. 달군 프라이팬에 기름을 두르고 중불에서 갈은 감자와 녹말을 넣은 반죽을 한 국자 떠서 숟가락으로 얇게 펴지요. 뚜껑을 덮어 노릇하게 굽고 뒤집어 구우면 맛있는 감자적이 완성됩니다.

결혼하고 서울에서 살 때 강릉식 감자적을 만들어 나누어 먹으면서 이웃 주민들과 친하게 되었습니다. 서울 사람들은 갈은 감자에 밀가루를 섞어 부치니 맛이 뻑뻑하지만, 제가 만든 강릉식 감자적은 아무것도 섞지 않아서 그 쫄깃한 맛에 모두들 반한 거지요.

어린 날 어머니는 감자적을 지질 때 이렇게 말하곤 했습니다.

"첫 소댕이는 만든 사람이 먹는 거야."

그건 아마 처음 한 것의 간을 보라는 의미도 있지만 만드는 사람을 먼저 먹게 하려는 배려인 것 같아요. '소댕이'라는 말은 꼭지가 달린 무쇠솥 뚜껑에서 나온 말입니다. 프라이팬이 없던 옛날에는 솥뚜껑을 프라이팬 대신 사용했으니까요. 강릉 사투리로 '씨시미'는 전을 부칠 때 첫 번째로 부쳐낸 전을 가리키는 말인데요. 무쇠솥 뚜껑에 혹시나 묻어 있을 먼지나 불순물을 씻어 낸다는 의미가 담겨 있지요. 씨시미는 어린 아이에게는 절대 먹이지 않았고 어른이 먼저 먹었습니다. 아무튼 감자적에는 이런 정성과 사랑의 마음이 담겨 있어 더 고소하고 쫀득한 가 봅니다.

강릉을 대표하는 떡 중에 하나는 감자떡 송편입니다. 감자를 썩혀 만든 감자가루나 하얀 감자녹말에 뜨거운 물을 부어 익반죽해 만드는데 속에는 강낭콩이나 삶은 팥을 넣어요. 썩힌 감자가루로 빚은 송편은 쪄 놓으면 검게 변하지만 하얀 감자녹말로 만든 송편은 말갛고 투명하고 쫄깃합니다. 여름날 개울가나 우물가에는 감

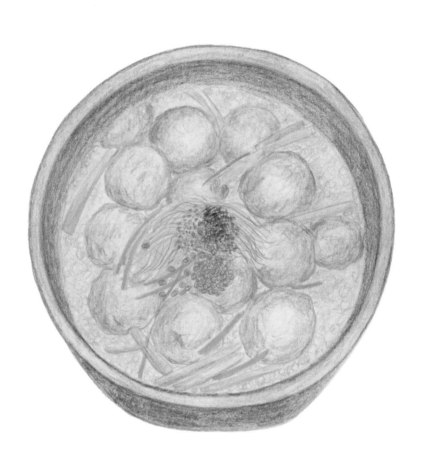

자 썩히는 냄새가 진동해 코를 막고 다니기도 했어요. 감자녹말을 얻기 위해서는 수십 번 손이 가는 과정을 거쳐야 하지요. 그 고단한 수고를 감자가루는 알고 있는 걸까요. 감자가루는 몇 년이 지나도 결코 변질되지 않는답니다.

감자옹심이는 감자녹말을 이용해 만든 수제비로 강릉의 대표 음식입니다. 만드는 방법은, 먼저 감자를 깨끗하게 씻어 껍질을 벗기고 강판에 쓱쓱 갈아요. 다 갈은 감자를 면보자기에 담아 꾹 짭니다. 물을 빼고 나면 건더기가 생기겠죠. 이때 생긴 감자 물을 잠시 놔두면 하얗고 보드라운 녹말이 가라앉아요. 물은 버리고 가라앉은 녹말과 건더기를 섞어 조물조물 반죽합니다. 소금을 약간 넣어 간을 맞추고 지름 2~3센티미터가 되게 동그랗게 새알처럼 모양을 만들어 뚝뚝 떼어 펄펄 끓는 육수에 넣어요. 육수 국물에 통감자를 얄팍하게 썰어 넣고 끓이면 구수한 맛이 더 진해진답니다. 감자가 익을 무렵 애호박을 넣고 끓이다가 동그란 모양의 옹심이가 떠오르면 그릇에 담아 먹으면 됩니다. 감자옹심이는 뜨끈할 때 먹어야 해요. 입안에 넣고 오물조물 씹으면 쫄깃한 식감이 부드럽습니다.

감자는 알칼리성 음식이라 건강에도 좋고 소화도 잘 됩니다. 강릉 사람들은 감자를 쪄서 먹을 때 빨간 고추장에 찍어 먹었어요. 어린 시절 어머니와 할머니가 해 주시던 감자로 만든 음식에는 추억과 그리움이 가득하답니다.

## 째복칼국수

# 체육시간에 양동이 가득 잡았던
# 비단조개

째복은 동해안에서 나는 조개 중 무늬가 가장 아름다운 토종 조개입니다. 서해안을 대표하는 조개가 바지락이라면 강원도 동해안을 대표하는 조개는 째복이지요. 생김새가 바지락보다 더 작고 째째해 보잘것없다고 째복이라 불렀지만, 원래 이름은 민들조개입니다. 화려한 무늬 때문에 비단조개라고도 부른답니다.

째복은 물이 차갑고 맑은 모래가 있는 곳에서 자랍니다. 같은 무늬가 하나도 없고 다 달라요. 어렸을 때 바다에 가면 째복 조개를 맨손으로 잡을 수 있었어요. 손을 뻗어 더듬거나 발바닥으로 물밑을 더듬거리기만 해도 쉽게 건져 올릴 수 있었거든요.

수년 전에 강릉시 주문진읍 주문북로 160, 소돌바위와 가까운 바닷가 마을에 있는 신영초등학교를 갔다가 째복 이야기를 들었던 생각이 납니다. 신영초등학교는 정문을 들어서면 울창한 소나무 숲이 병풍처럼 아늑하게 펼쳐지고, 소나무 숲길 산책로를 따라 잠시 걷다 보면 동해와 바로 연결되는 곳입니다. 학교 담장 너머로 보이는 하늘과 바다가 만나는 수평선에 시선을 두면 세상사 모든 시름을 잊을 것만 같았어요.

뛰어난 자연환경을 품은 신영초등학교는 1966년 3월 개교 이후 지금까지 수천여 명의 졸업생을 배출했습니다. 신영초등학교 총동문회 고문인 진명복 회장(9기)은 1970년대에 학교 다닐 때를 추억하더군요.

전교생이 680여 명 정도 됐어요. 그때는 해당화가 참 많았죠. 쉬는 시간이면 해당화 열매도 따 먹고 소나무에 똥거름을 주기도 했고, 숙제를 안 해 오거나 저금해야 할 돈을 못 가져간 죄(?)로 학교에 남아 소사 아저씨랑 모래땅에 나무를 심었어요. 체육시간이면 양동이 들고 바다로 나가 째복이라고 부르는 민들조개도 잡았죠. 깨끗한 모래 속을 조금만 더듬어도 쉽게 건져 올릴 수 있는 조개였어요. 조갯살이 담백하고 쫄깃했지만 보잘것없이 생겼다고 해서 째복이라고 불렀지요.

초등학생들도 쉽게 잡아 맛있게 먹었던 째복은 이제 바다 환경이 변하면서 예전처럼 흔하게 먹을 수 없어 아쉬움이 큽니다. 하지

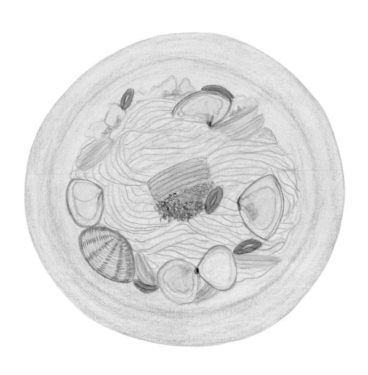

만 째복을 삶았을 때 우유 빛깔 같은 뽀얀 국물과 간간한 맛은 그대로입니다. 속살을 씻어 그냥 먹기만 해도 돼요. 국물 속에는 타우린 성분이 풍부하게 녹아 있어 빈혈이나 숙취 해소에 도움이 된다고 합니다. 그래서 배를 타고 바다에 나가는 어부들은 째복을 넣어 끓인 장칼국수를 즐겨 먹었답니다.

째복은 텃밭에서 기른 채소를 송송 썰어 넣고 초고추장 풀어 얼음을 동동 띄우면 째복 물회가 되고, 부추를 썰어 넣고 끓이면 맑은 째복탕이 되고, 째복에 밀가루와 달걀을 풀어 부치면 고소한 째복전이 된답니다. 째복을 넣어 끓인 칼국수는 맛도 담백하고 개운합니다. 지구온난화 때문에 소중한 것들이 자꾸 사라지는 세상이 되었어요. 째복도 사라질까 봐 염려가 됩니다.

## 사천과즐

밤새 바늘로 모래를 골라 떼 낸
갈골의 명절 음식

강릉시 사천면 노동중리는 옛날부터 갈대가 많아서 '갈골'이라 불렀습니다. 그러다 일제강점기에 마을 명칭을 한자로 기록하면서 갈대 노蘆 자를 쓰는 노동리로 바꾸었지요. 진목정과 뒷골 김동명 문학관이 있는 사이 동네를 노동중리라 부르는데, 이곳은 전국적으로 널리 알려진 '과즐'마을입니다. 과즐은 찹쌀가루를 콩물로 반죽하여 쪄 낸 후 밀어서 작게 썰어 기름에 튀긴 후 꿀이나 조청을 바르고 튀밥 등의 고물을 묻힌 전통한과입니다.

사천한과를 상업적으로 팔기 시작한 때는 1900년대 초입니다. 강릉 청량동에서 이곳 노동중리 최씨 집에 시집온 이원섭 씨는 생계에 보탬이 되고 서울에서 유학하는 둘째 아들의 학비를 벌기 위한 방편으로 며느리 조규연 씨와 과즐을 만들기 시작했습니다. 이원섭 씨는 어릴 때부터 익힌 솜씨로 동네에 경조사가 있는 집의 부탁을 받아 과즐을 만들었고, 사천진리나 주문진시장에 내다 팔 정도로 솜씨를 인정받게 됩니다. 이 집은 '원조할머니 한과'집이 되었고 차츰 그 제조 기술이 한 집 두 집 퍼져 나가면서 오늘날 갈골마을은 과즐 생산 마을의 대명사가 되었답니다.

대한민국 식품명인이며 강원도 무형문화재 23호(갈골과즐) 기능 보유자인 최봉석 씨는 원조 댁의 큰집 장손으로 '갈골과즐'을 상표로 등록했습니다. 그 후 갈골한과 체험 전시관을 마련하여 제조 기술을 보존하고 전승하는 체험관을 운영하고 있습니다.

명절이 가까워지면 사천 과즐마을은 전통의 맛을 빚느라 무척 바빠집니다. 추석을 앞두고 상품 준비를 하고 있는 사천 과즐마을을 찾았습니다. '원조할머니 한과'집을 찾아가다가 마을 입구에서 30년간 한과를 만든 일흔아홉 연세인 함명자 님을 만났습니다. 주문진 장덕리에서 사천 갈골마을에 9남매 중 둘째 며느리로 시집와서 시부모 모시고 시동생들과 자식들을 키우느라 고생이 많았다고 합니다. 더덕뿌리 같은 거친 손마디와 일그러지고 닳은 발톱은 고된 노동의 흉터로 그간의 세월을 짐작하게 했습니다. 어르신께 들은 과즐 만들기 작업은 결코 쉽지 않았습니다. 오랜 시간 정성을 들이고 비율을 맞춰야 하는 과정이 까다로워 인내심이 필요한 작업이었습니다.

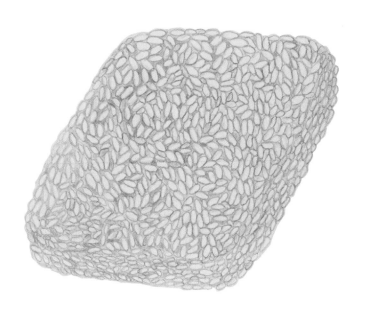

함명자 님께 1980년대 초까지 만들었다는 모래과즐 이야기를 듣고 깜짝 놀랐습니다. 그 방법이 너무나 힘들었을 것 같아 가슴이 먹먹했습니다. 제 유년 시절이기도 한 그때만 해도 과즐은 추석이나 설에 겨우 한 조각 맛을 볼 수 있을 정도로 귀한 과자였습니다. 모래과즐이 무엇인지 함명자 님의 목소리로 들려 드리겠습니다.

지금은 과즐 바탕을 기름에 튀기지만 그때는 모래를 썼지. 모래를 체에 걸러 굵은 모래를 골라 프라이팬에 붓고 기름을 비벼 넣고 볶았어. 시간이 지나면 모래가 기름을 먹고 새까맣게 변하면서 열을 받지. 그때 바탕을 모래에 집어넣으면 스멀스멀 부풀어 올라. 그러면 바탕을 들여다보면서 혹시 모래가 박혀 있을까 봐 바늘을 들고 밤새도록 파냈지. 과즐에 모래가 씹히면 안 되니까. 모래가 많지는 않아도 드문드문 박혀 있었거든. 졸음을 쫓아가며 온 식구들이 매달려 파냈어.

모래과즐은 뜨거운 기름에 튀기기 보다는 모래가 품고 있는 뜨거운 열기를 고루 이용하는 지혜가 들어 있습니다. 모래는 일정한 온도를 유지했을 테니 온도 조절이 민감한 기름보다 훨씬 안정적으로 바탕을 튀겨낼 수 있었을 겁니다. 이렇듯 과즐을 만드는 과정은 대단히 까다롭고 힘든 작업이었습니다. 달콤함 뒤에 가려진 과즐 만드는 분들의 땀과 눈물을 기억해야겠습니다.

## 강릉 곶감

대관령 산바람, 동해 바닷바람에 말린
붉은 갈색 육질

강릉에는 감나무가 많습니다. 강릉은 제주처럼 '3다三多'가 있는데
바로 소나무, 물 그리고 감나무입니다. 늦가을, 저녁노을이 하늘을
붉게 물들일 때면 돌담 옆 구부러진 감나무 가지 끝에도 노을빛을
닮은 홍시가 익어 갑니다. 그 모습은 수채화 물감을 붓끝에 찍어 곱
게 그린 아름다운 풍경화로 기억에 남아 있습니다.

　강릉감은 따배와 동철 두 종류가 있습니다. 생감일 때는 떫어서
맛도 없고 텁텁해 침을 들여 먹었습니다. 따뜻한 물에 약간의 소금
을 넣고 이틀 정도 담가 두면 떫은맛이 사라지고 단맛이 생기는데
이런 과정을 '침을 들인다'고 합니다. 침을 들인 감은 남쪽에서 단
감이 올라오기 전까지 떫은 감을 달콤하게 바꾸어 먹었던 지혜의
산물입니다. 저도 어릴 때 떫은 감을 따끈한 물이 담긴 항아리에 넣

은 후 뚜껑을 덮고 두툼한 담요까지 덮어씌우고 달콤한 침감이 되도록 기다렸던 기억이 납니다.

강릉은 곶감 생산지로 유명합니다. 성남동 곶감시장은 곶감전이 따로 있을 정도로 100여 년 동안 전성기를 누렸죠. 강릉의 옛 어른들은 곶감을 만들 때 감을 깎아 나뭇가지에 끼우는 과정에서 마감하는 부분의 끝을 잘 깎아 국화꽃처럼 예쁘게 만들었어요. 곶감을 만들어 먹는 나라는 우리와 중국, 일본입니다. 일본의 국민화가라 불리는 '하라다 다이지'가 그린 도록에도 말랑말랑 익어 가는 곶감을 아이들이 몰래 빼 먹다가 어른에게 혼나는 그림이 나옵니다. 우리네 모습과 다르지 않아 미소 짓게 합니다.

일제강점기 때 일본은 강릉에서 감 생산을 늘리려고 감 묘목을 나누어 주며 열을 올렸죠. 1931년 일본어판으로 발간한 《강릉생활상태조사서》에는 강릉의 풍토가 감을 재배하는 데 적합해 수백 년 전부터 감을 재배했다고 나와 있어요. 1929년부터 일본은 감 생산을 늘리기 위해 농회를 중심으로 묘목 생산을 확대하고 품종을 개량했습니다. 강릉 지역 농가마다 평균 한 그루씩 감나무를 배부하여 당시 약 2만 그루였던 감나무 숫자를 1936년까지 4배로 증가시키겠다는 계획을 적어 놓았습니다. 당시 감은 재래종 종자가 대부분이었는데 타원형으로 된 곶감을 만들기 위한 감나무도 육성할 계획임을 밝혀 놓았어요. 그 때문에 강릉 과일 중 가장 유명해진 게

감이지요. 특히 강릉 곶감은 맛과 품질이 뛰어났습니다. 예전부터 임금님 진상품으로 올리는 것은 물론 한양의 사대부 집안에서도 선호하는 곶감이었습니다. 수정과를 해도 잘 풀어지지 않고 맛있기 때문이죠.

강릉 곶감의 맛은 따뜻한 햇살과 함께 대관령에서 불어오는 차가운 바람과 바다에서 불어오는 해풍이 어루만져 만들어집니다. 두세 달 동안 산바람과 바닷바람이 만든 곶감은 손이 많이 가고 시간도 오래 걸리지만 촉촉하고 달콤하고 육질이 두꺼워 단단합니다. 강릉 곶감의 특징은 감 껍질을 이용해 숙성시키는 과정을 거치기 때문에 뽀얗게 하얀 분이 생겨요. 하얀 가루로 덮인 곶감의 육질은 붉은 갈색으로 변하면서 쫄깃하고 달콤해지지요.

생감이 햇볕에 말라 달콤하고 쫀득한 곶감이 되는 모습을 보면 우리네 사람살이와도 닮았다는 생각이 듭니다. 정성으로 가꾸고 돌보면 마음의 문을 닫았던 사람도 말랑말랑해지니까요.

어린 시절에는 곶감이 귀했어요. 명절이나 제삿날에나 겨우 한 개 정도 먹을 수 있었죠. 산업화와 개발의 과정을 거치면서 감나무는 베어지고 곶감 생산량도 줄면서 예전의 명성을 잃었습니다. 하지만 이제 강릉 곶감도 전통의 맛을 이어가기 위해 많은 분들이 노력하고 있다고 하니 기대해 볼 만합니다.

## 초당두부

# 몽글몽글 초두부에 얽힌 사연

소나무 숲이 아름다운 강릉 초당마을은 차 두 대가 어렵게 비켜 가는 좁은 골목길 사이로 구석구석 볼거리와 먹을거리가 풍성합니다. 특히 초당마을은 두부로 유명한데요. 초당마을의 대표 음식이 된 두부가 전국적으로 유명세를 탄 것은 불과 십여 년이 채 안 되었습니다. 초당두부에는 우리 근현대사의 아픔을 헤쳐 나온 민초들의 삶이 녹아 있습니다.

1908년 나라가 위기에 처하자 민족교육의 필요성을 느낀 강릉의 선비들은 몽양 여운형 선생을 모셔 왔습니다. 몽양은 초당에 '초당의숙'을 세우고, 상투 틀고 갓을 쓰고 두루마기를 입고 찾아온 청장년들에게 국어, 한문, 영어, 지리, 역사를 가르쳤습니다. 또 축구, 야구, 스케이트 타기 같은 스포츠로 체력을 기르게 했습니다. 거기에 강릉에 있는 동진학교, 화산학교 학생들과의 연합토론회를 통해 민족의식을 고취시켰습니다. 그러자 이를 못마땅하게 여긴 일본 경찰은 1910년 겨울, 몽양이 세운 학교를 폐교시켰습니다. 1911년 봄, 몽양이 강릉을 떠났지만 독립사상과 민족의식을 키운 청장년들은 강릉 지역에서 3·1 만세운동을 이끌었습니다. 그런데 해방 후 청장년들은 좌익과 우익 간 갈등의 소용돌이에 휘말리게 됩니다. 민족의식이 높았던 청장년 중에는 사회주의 사상에 물든 사람도 있었죠. 1947년 7월 24일에 좌익 테러분자를 색출한다는 구실로 벌어진 학살로 아무 죄가 없는 초당마을 사람들 상당수가 희생되었습니다.

1950년 한국전쟁이 일어났을 때도 마찬가지였습니다. 많은 청장년들이 북으로 끌려갔어요. 또는 살기 위해 북으로 가야 했던 이들도 있었을 겁니다. 전쟁 중에 행방불명되거나 북으로 끌려간 아들을 기다리던 어머니는 이사도 가지 않고 기다렸습니다. 뿐만 아니라 친인척은 연좌제에 묶여 취업에 제한되기도 했습니다. 친구 언니는 강릉여고 상과반을 제일 우수한 성적으로 졸업하면서 한국은행에 합격했지만, 결국 신원 조회 과정에서 한국전쟁 때 초당마을에서 북으로 끌려간 친척이 있어서 합격이 취소되었습니다. 실망감에 울고불고했다는 이야기를 듣고 마음이 아팠습니다.

집에 남겨진 아낙네들은 생계를 유지하기 위해 두부를 만들어

시장에 내다 팔았습니다. 머리에 뜨거운 두부를 이고 철길을 따라 시장으로 걸어갔던 아낙네들의 한을 생각하면 마음이 아파 옵니다. 부드러운 두부는 비록 연약한 여자지만 속은 강인한 어머니의 성정과 닮은 듯합니다.

콩을 갈아 강릉 앞바다 바닷물을 응고제로 써서 굳힌 초당두부는 마그네슘과 칼슘이 풍부하고 고소하고 부드럽습니다. 특히 곱게 갈은 콩을 솥에 넣고 바닷물을 부으면 단백질이 엉겨서 몽글몽글해지는데 이를 '초初두부'라고 합니다. 훌훌 마시면 따뜻하고 부드러운 느낌이 온몸에 스며들지요. 보통 '순두부'라고 부르지만 엄격하게 말하면 초두부가 맞아요. 초당두부의 제맛을 느끼려면 새벽부터 콩을 갈아서 두부가 완성되는 아침 일고여덟 시쯤에 가면 더 좋습니다.

질곡의 근현대사를 견디며 좌우익의 갈등 속에 깊은 상처를 입은 사람들이 삶을 지탱하기 위해 만든 두부가 이제는 많은 사람들의 입맛을 돋우는 명품 초당두부가 되었습니다. 초당두부를 먹을 때면 몽양 선생님과 강릉과의 인연도 생각나고, 가슴 저린 인생을 살아야 했던 사람들의 아픔에 대한 연민도 커집니다.

지누아리

## 학창시절의 벗을 찾게 한 맛


학교 다니던 시절 외에는 보지 못했던 친구 혜경이와 연락이 닿았습니다. 중학교 2학년 같은 반이었던 혜경이와는 대학 1학년 때 우체국 앞 건널목에서 본 게 마지막이었죠. 그런데 35년 만에 연락이 온 거에요. 제가 어찌 살고 있을까 늘 궁금했대요. 등잔 밑이 어둡다고 가까운 초등학교 동창을 통해 연락처를 알았다고 했습니다. 한참 동안 우리는 지난 시절의 공백을 채우려는 듯 이런저런 이야기를 나누며 학창시절의 추억을 공유했습니다. 그러다 "왜 내가 보고 싶었어?"라고 물어보았죠.

그건 너에 대한 기억이 작은 조각들로만 흩어져 있다가 갑자기 퍼즐처럼 맞춰질 때가 있었어. 그때마다 네가 어떻게 살고 있는지 궁금했지. 더 특별했던 것은 중학교 2학년에 너랑 처음 같은 반이 되었을 때야. 우리 그때 모여서 점심 먹었잖아. 네가 싸 온 도시락 반찬 중에 이름을 알 수 없는 해초가 있었어. 내가 서울에서 살다 강릉으로 전학 와서 그걸 처음 먹었는데 참 맛있었어. 지금도 그 맛을 잊을 수가 없어. 사 먹으려 해도 이름도 모르겠고 내가 살고 있는 수원 시장에 나가 봐도 파는 걸 볼 수 없더구나.

혜경이의 이야기를 듣고 생각해 보니 이상한 해초는 바로 '지누아리'였습니다. 그 시절 어머니가 싸 준 도시락 반찬의 단골 메뉴는 미역줄기와 생채무침, 지누아리 장아찌였거든요. 동해안에서만 서식하는 홍조류 지누아리는 바다 냄새가 물씬 풍기는 해초입니다. 지누아리는 미역이나 다시마처럼 윤기가 흐르고 점액질이 있어요. 줄기는 가늘고 씹는 맛이 오도독해 식감이 독특하고 특유의 풍미가 있습니다. 날것으로 간장이나 된장에 무쳐 먹거나 고추장박이 장아찌로 먹기도 하고, 간장 육수에 담가 두었다가 먹기도 합니다. 입맛을 돋우는 색다른 별미입니다. 예전에 즐겨 먹던 밑반찬인데 지금은 바다 환경이 변해 생산량이 대폭 줄었습니다. 구하기도 쉽지 않고 가격도 폭등해서 귀하고 값비싼 식재료가 되었답니다.

양식이 되지 않는 지누아리는 동해안 38선 이북 경계선부터 울진 정도까지만 채취할 수 있습니다. 1년 내내 나지만 오뉴월 성수기에 많이 자라고, 팔구월로 가면 가을에 낙엽이 지듯 색깔이 불그

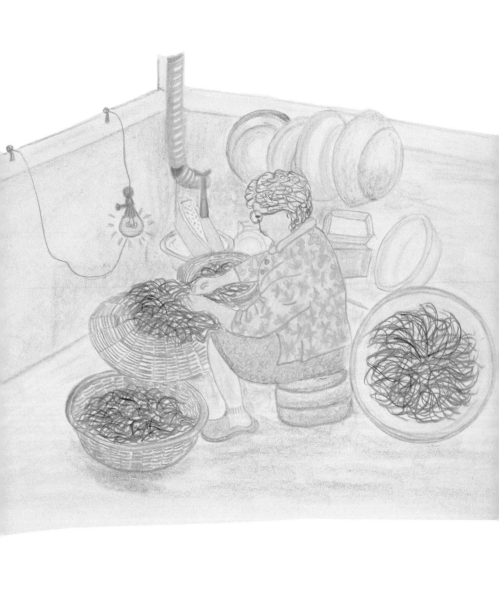

스름해져서 봄 것보다는 값어치가 떨어져요. 차가운 바다 밑 바위 틈에서 일일이 손으로 딴 후 수십 번 손질을 마다하지 않는 해녀들의 수고가 있었기에 지누아리를 먹을 수 있습니다.

지누아리는 오랫동안 강릉 사람들과 함께했습니다. 지누아리는 어쩌면 동해를 끼고 사는 강릉 사람들에게는 어릴 적 추억을 소환하여 영혼을 달래는 소울푸드일 수 있어요. 어떤 기억은 구체적인 감각과 더불어 매우 다채로운 이미지를 거느리고 나타나지요. 친구는 지누아리를 통해 저를 떠올렸고 저는 엄마가 싸 주던 도시락 반찬 '지누아리'에 대한 감각이 되살아나 돌아가신 엄마에 대한 그리움이 피어올랐습니다. 코끝이 찡해지고 가슴 저 아래부터 간질거리고 아릿해지더군요.

친구를 만나러 서울로 가던 날, 강릉 중앙시장 반찬가게에서 지누아리 무침을 사서 갖다 주었습니다. 제가 직접 만들어 갖다 주려니 예전에 어머니가 해 주던 지누아리 맛을 낼 자신이 없었거든요. 그 친구가 집으로 돌아가 지누아리를 꺼냈을 때 그것은 예전에 먹던 그 맛은 분명 아니었을 겁니다. 향기와 풍미도 덜하고 싱그러운 질감도 떨어진, 해초 냄새와 짠맛만 두드러진 평범한 바다 나물처럼 느껴졌을지도 모르겠습니다. 서울까지 가져가느라 신선함이 떨어져서 그런 것만은 아닐 겁니다. 엄마의 손맛이 아닌 반찬가게에서 파는 지누아리였기에 영혼의 에너지가 빠진 탓일 거예요. 세월과 고향과 추억과 그리움 등 이런 언어가 지닌 소소한 이미지가 뿜어내는 파장 역시 맛을 좌우하거든요.

이제 세 번째로 그 친구를 만나러 갈 때는 예전 어머니가 만들어 주시던 맛의 기억을 더듬어서 서툴지만 정성을 다해 지누아리 장아찌를 선물로 주려고 합니다. 맛에 대한 기억과 공감을 나누는 동안 우리 사이도 더 끈끈해지고 깊어질 테니 말입니다.

## 명태와 서거리깍두기

# 코나 눈알이 없는 명태의 비밀과
# 분홍빛 아가미

가히 국민 생선이라 불러도 손색없을 명태. 불과 수십 년 전에도 동해에서 다량으로 잡혔는데 요즘은 그렇지 못해서 안타깝습니다. 기후 변화로 바다 수온이 높아진 게 원인인 듯싶습니다.

명태는 부르는 이름도 다양합니다. 살아 있어서 '생태', 꽁꽁 얼어서 '동태', 꾸덕꾸덕 말린 '코다리', 얼었다 녹았다를 반복해 말린 '황태', 새끼를 말하는 '노가리' 등이 모두 명태를 일컫는 이름들이죠. '코다리'는 이름이 재밌어서 유래를 한번 생각해 보았습니다. 예전에는 명태 대가리에서 코 바로 아래턱을 짚으로 꿰어 두 마리를 한 줄로 묶어 덕장에 걸어 두고 말렸습니다. 어부들이 그물이나 낚시로 명태를 잡아채다 보면 종종 주둥이가 떨어져 나가 꿸 수 없는 놈도 있습니다. 이런 놈들은 값어치 나가는 북어가 될 수 없었죠. 하여 꼬리나 배에 짚을 꿰어 하루 이틀 꾸덕꾸덕 널어 말린 다음 반찬으로 해 먹었습니다. 그렇다면 왜 코다리일까? 아마도 판장에서 바쁘게 일하던 중에 "코 떨어진 것 가져와!" 하다가 발음이 쉽게 '코 떨이'가 되고, '코또리'가 되고, '코다리'로 된 게 아닌가 싶습니다.

명태가 제 역할을 톡톡히 하는 계절은 겨울입니다. 단단한 무를 골라 숭덩숭덩 썰어 넣고 매운 고춧가루를 좌~악 풀어 동태찌개를 끓여 먹자면, 콧잔등에 땀이 송글송글 맺히지요. 한겨울 찬바람에 맹맹했던 코가 훌쩍훌쩍, 코끝이 벌렁벌렁하다가도 동태찌개가 입 안으로 들어가는 순간 추위로 움츠렸던 어깨가 쫙~악 펴집니다.

남편이 자란 곳은 주문진입니다. 시아버님이 서른여섯 살에 병으로 돌아가시고, 서른두 살에 혼자가 된 시어머니가 4남매를 키운 삶의 터전이 주문진 어판장이었습니다. 명태잡이가 풍년이던 시절, 늦은 오후에 명태를 가득 실은 배가 방파제를 돌아 어판장에 들어오면 입찰이 이루어졌습니다. 입찰이 된 명태를 손수레에 실어 할복장으로 옮겼습니다. 그곳에서 건조장이 있는 대관령 황태 덕장으로 보낼 명태의 배를 갈랐고 쉽게 부패하는 내장을 모조리 꺼냈습니다. 내장에서 값나가는 명란과 어간유는 화주의 몫이고 창자(창란)는 배를 가른 사람들이 인건비 조로 가져갔습니다.

매서운 찬바람을 견디며 밤새 일한 대가로 받은 창란도 그대로 돈이 되는 게 아니었습니다. 온 가족이 총동원돼 하루 종일 수천 마리의 내장 속 똥을 제거하고 깨끗하게 씻어서 적당히 불린 후 가져다 젓갈 공장에 팔아야 비로소 돈을 만질 수 있었습니다. 창란을 판 대가로 공장에서 돈을 받기까지 할복, 코다리 솎아내기, 내장 속 분변 제거까지 세 공정을 다 거쳐야 하는 고달프고 길고 지루한 작업이 연속되었습니다.

내장을 제거한 명태는 두 마리씩 볏짚으로 엮어서 건조를 위한 예비 작업을 마쳐야 합니다. 밤 12시경 시작된 작업은 다음날 눈이 펑펑 내려도, 진눈깨비가 비처럼 내려도 멈출 수 없었죠. 한 사람이 하루 이천 마리 가량을 꿰었다고 합니다. 명태 배를 가르는 어머니 옆에서 어린 아이였던 남편은 아홉 살 겨울부터 고등학교 졸업까지 매년 겨울이면 그 일을 반복했습니다. 변변한 우비나 고무장갑, 고무장화도 없던 시절이었습니다. 손놀림을 멈출 수 없기에 허리 한 번 펼 새 없이 쪼그려 앉은 채로 그 일을 다 해냈다고 합니다. 지금 생각해도 어머니는 너무나 큰 산처럼 느껴집니다.

어릴 적 생선가게 아줌마는 닭 잡을 때나 쓸 큰 칼로 꽝꽝 언 동태를 내리쳐 동강을 내고는 누런 종이에 말아 싸서 지푸라기로 묶어 팔았습니다. 저녁 밥상에 동태찌개가 오르면 동생들과 동태의 하얀 속살을 먼저 먹겠다고 찌개를 뒤집고 소란을 피웠었죠. 그런데 남편이 명태찌개를 먹는 모습을 보면 특이한 점이 있습니다. 바로 명태의 눈알을 파서 먹는 점입니다.

'어떻게 눈알을……'

뜨악한 표정으로 바라보는 시선에도 아랑곳없이, 명태 눈알을 먹어야 명태찌개를 먹은 것 같다는 표정입니다.

"눈알이 그렇게 맛있어요?"

"맛있지. 담백하고 얼마나 고소한데. 비타민A도 많고 눈도 밝아져."

하긴 '명태'라 이름붙인 유래도 무관하지 않습니다. 우리나라에서 가장 험한 곳 함경도 삼수三水와 갑산甲山은 해발 1,000미터가 넘는 고지대 산악 지역입니다. 이곳에 사는 사람들은 먹을 것이 귀한 탓에 영양 부족으로 눈이 침침한 사람들이 많았다고 합니다. 이럴 때면 바닷가 마을로 찾아가 명태 간을 먹고 오면 눈이 밝아졌다 해서 명태로 불렸다는 속설이 전해집니다. 또 함경도 산골에서 명태 간으로 등잔불을 밝힌다 해서 '밝게 해 주는 물고기', 곧 명태라고 했다고도 하네요.

남편은 명태의 눈에 대한 추억을 풀어 놓았습니다. 1960년대 어린 시절, 봄이면 대관령에서 말린 북어가 다시 주문진으로 내려왔다네요. 말린 북어들을 크기 별로 대태, 중태, 소태로 나누고 스무 마리씩 꼬챙이에 꿰어 한 두름을 만들었죠. 이렇게 100두름인 1바리(2,000마리)를 만들어 판장에 쌓아 뒀다고 합니다. 남편은 거기서 일하시는 어머니를 거들다 주인 몰래 명태 눈알을 싸리꼬챙이로 파서 먹었다는군요. 완벽한 범죄(?)를 위해 명태 눈알을 꺼내고는 반질반질한 표면의 껍질로 살짝 덮어 놓았답니다. 식량도 부족하고 변변한 간식거리도 없던 시절, 양쪽 주머니에 불룩하게 넣고 다니며 먹던 명태 눈알은 자신의 유일한 영양 공급원이었다고 말하며 남편은 웃습니다. 그 웃음 뒤에 가난한 시절의 슬픈 그림자가 보입니다.

명태를 재료로 한 요리는 참 다양합니다. 요리책을 뒤적여 보니 서른여섯 가지나 되더군요. 북어 껍질로는 어글탕을 끓이고, 눈알로 명태눈 초무침을 만들고, 대가리와 뼈를 삶은 물은 구수한 김장 젓국으로 씁니다. 정말 버릴 게 하나도 없는 명태입니다. 아가미부터 껍질, 눈알까지 알뜰하게 다 효용이 뛰어나지만 명태를 표현한 속담에는 인색하기 짝이 없습니다.

> 명태 만진 손을 씻은 물로 사흘 국 끓인다. (인색한 삶을 탓함)
> 북어 껍질 오그라들 듯한다. (일마다 이루어지지 않거나 발전이 없음)
> 북어 한 마리 주고 제사상 엎는다. (보잘것없는 걸 주고 큰 손해를 입힘)
> 북어 뜯고 손가락 빤다. (크게 이득도 없는 일을 하고서 아쉬워함)
> 노가리 까다. (오랫동안 수다를 떪)

이렇게 다시 보니 명태가 들어간 속담은 그리 좋은 뜻이 없네요.

명태의 입장에서는 참으로 억울할 노릇입니다.

제가 어머니에게 배운 생태찌개 만드는 방법은 간단합니다. 눈빛이 선명한 생태를 토막 치고 파와 무, 곱게 빻은 고춧가루를 넣고 소금으로 간을 해 끓이면 됩니다. 국물이 맑아지고 투명한 기름이 송송 떠오르면 생태찌개가 완성된 거지요. 매콤한 고춧가루가 들어가니 칼칼하면서도 담백하고 생태의 고소한 맛이 입에 감깁니다. 흰 살은 윤기가 돌면서 쫄깃하지요. 뒷맛은 달고 국물이 시원한 것은 말할 것도 없습니다.

예전에 어부들은 명태를 잡기 위해 배를 타고 바다로 50리쯤 나갔습니다. 어군탐지기도 없던 시절 어떻게 그물을 던지고 배를 고정시켰을까요? 그것은 오랜 경험에서 나온 어부의 지혜로 그물을 던질 위치를 판단했습니다. 사천진리에서 만난 유종구(1938년 출생) 어르신은 직접 배를 몰고 바다에 나갔던 선장의 경험을 살려 명태 잡던 이야기를 들려주었습니다.

바다에서 육지 쪽을 보며 산봉우리 사이에 배를 정박시키고 그물을 던졌지. 또 명태는 동지팥죽 먹을 쯤이 끝물이라 그때가 지나면 잘 잡히지 않아. 산란기가 된 명태는 입 주변이 발갛고 반들반들하고 꼬리를 살랑살랑 흔들면서 헤엄을 치지. 마치 결혼을 앞둔 처녀가 예뻐지는 것처럼. 명태는 그물을 던져서 잡기도 하고 낚시로 잡기도 해. 양미리나

오징어를 잘라 간을 하고 들기름을 발라 낚시코에 끼워 던지면 냄새가 고소하니까 명태가 몰려들지. 그때 잡으면 돼. 어망으로 잡는 명태보다 낚시로 잡는 명태가 훨씬 크고 상태가 좋아.

바다에서 차가운 겨울바람을 견디며 힘들게 잡은 명태는 버릴 게 없습니다. 다른 지역에서는 먹지 않고 버리는 아가미를 동해안 북쪽에서는 나박김치나 깍두기를 담글 때 넣습니다. 명태 아가미를 영동지역 방언으로 '서거리'라 부릅니다. 갓 잡은 명태에서 떼어 낸 서거리는 분홍빛으로 붉습니다. 깨끗이 씻어 깍두기를 담그면서 함께 버무려 넣고 푹 삭히면 숙성되어서 부드럽고, 씹으면 달큰한 맛이 납니다. 서거리를 넣은 깍두기는 유난히 더 아삭하고 맛있습니다. 돌아가신 친정어머니나 시어머니가 맛있게 담가 주셨는데 돌아가시고 나니 그 맛이 그립습니다. 생태탕에 밥을 말아 먹을 때 서거리깍두기 국물도 함께 떠서 먹으면 더 좋습니다. 어머니의 손맛이 담긴 서거리깍두기는 다시 먹을 순 없어도 맛을 기억하는 한 어머니는 떠나지 않고 가슴 속에 늘 살아계십니다.

도루묵

# 일 원에 다섯 개였던 미끄덩한 알

추운 겨울, 온가족이 둘러앉은 밥상 가운데에 도루묵이 놓여 있습니다. 도루묵으로 찌개, 구이, 조림을 했죠. 바닥이 평평한 냄비에 무를 깔고 도루묵을 얹고 고추장을 풀어 바짝 끓인 조림은 맛난 반찬이 되지요. 톡톡 터지는 도루묵 알은 치즈처럼 길게 늘어나고 미끄덩해서 별미입니다. 살이 오른 도루묵은 기름져도 비리지 않아 담백하니 고소합니다. 게다가 가시가 연하니 굽거나 조려도 가시째 그대로 씹을 수 있습니다. 김장할 때 생태 대신 속에 넣기도 하는데 김치 맛이 시원해지죠.

도루묵은 추석을 앞두고 연안에 출몰합니다. 이때는 좁쌀 같은 알을 배고 있어 기름집니다. 추석이 지나면 알은 차츰 굵어지고, 11월부터 12월까지 산란을 합니다. 수심 1미터 안팎의 해안가 수초

나 바위틈에 산란을 하지요. 어부들의 이야기를 들어 보면 도루묵은 모래 속에 코만 내놓고 있다가 해가 뜨면 밖으로 나온답니다.

도루묵이 예전처럼 잡히지 않아 지금은 귀하지만, 파도가 심하게 치는 날이면 모래밭으로 밀려나와 그냥 주워 올 만큼 흔했던 때가 있었습니다. 1960년대에는 주문진이나 강릉 지역 학교 앞 문방구에서는 도루묵 알을 쪄서 아이들 간식으로 팔기도 했습니다. 일원에 다섯 개였는데, 도루묵 알을 씹으면 톡톡 터져 씹을수록 쫀득한 껌을 씹는 듯한 식감이라 아이들이 좋아했습니다. 한때는 잡히는 대로 일본으로 수출하기도 했습니다. 그런데 이젠 도루묵도 아주 귀해졌어요. 탱탱한 알을 씹어야 제대로 포만감이 올라오는 도루묵은 이제는 값비싼 귀한 생선이 된 것이죠. 찬바람이 부는 계절이면 더 생각나는 도루묵입니다.

## 장칼국수

# 비가 오는 중앙시장에 가면

장칼국수는 고추장과 된장으로 칼칼하게 맛을 낸 강릉의 대표 향토 음식입니다. 다시마와 멸치, 무를 넣고 푹 삶아 낸 육수가 시원하고 구수하죠. 이 감칠맛이 나는 장칼국수는 강릉 사람뿐 아니라 관광객들에게도 인기가 높습니다.

예전에 강릉을 비롯한 영동의 산촌이나 농촌에는 소금을 구하기가 쉽지 않았어요. 국물을 우려낼 재료도 드물어서 막장이나 고추장을 넣어 얼큰하게 끓였던 습관이 오늘날 장칼국수가 되었죠. 하얀 칼국수보다 살짝 매운맛이 돌아서 장칼국수는 칼칼한 끝맛이 오히려 담백합니다.

면발은 손으로 반죽해 쫙쫙 늘려 폈기에 입안으로 미끄러지듯 넘어갑니다. 탄력이 약해 툭툭 끊기지만 부드러운 식감은 얼큰한

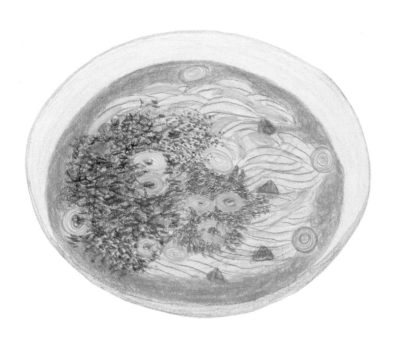

국물과 잘 어울리지요. 배추김치나 아삭한 깍두기와 함께 칼국수를 먹다가, 남은 국물에 찬밥을 훌훌 말아도 든든한 한 끼로 충분합니다.

강릉 중앙시장에는 장칼국수를 저렴하게 파는 곳이 많아요. 주머니가 얇거나 나들이 나왔다가 출출할 때, 이곳에서 후루룩 칼국수 한 그릇 넘기면 배도 부르고 다음 행선지로 옮기는 발걸음도 가벼워집니다. 비 오는 날, 강릉 중앙시장 골목에는 고소한 냄새가 가득합니다. 저기압으로 인해 위로 올라가지 못한 냄새가 낮게 깔려 퍼지는 고소한 부침개 냄새 역시 입맛을 자극하거든요. 빗방울이 창문을 두드리는 소리를 들을 때면 중앙시장에서 부침개와 함께 얼큰한 장칼국수 한 그릇을 후루룩 들이키고 싶답니다.

## 2부

# 여인의 손길

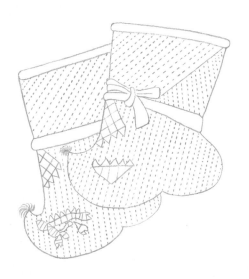

# 강릉자수

## 민가의 야문 손끝이 지은 꽃과 곤충의 색채

자수는 옷감이나 헝겊에 여러 가지 색실로 무늬와 글자를 수놓은 작품입니다. 강릉의 옛 규수들은 혼수품으로 반짇고리를 정성껏 챙겼습니다. 반짇고리 안에 바늘, 바늘쌈, 골무, 실패, 자, 누비대, 인두, 버선본집, 가위를 빼놓지 않고 채웠지요. 어머니의 어머니로부터 딸에게 전수된 바느질과 자수 솜씨는 강릉의 자연 색채를 닮아 독특한 자수문화를 만들었습니다.

조선시대의 자수는 궁중에서 수방 상궁들이 짰던 격조 있는 궁수와, 민간에서 부녀자들이 혼수용으로 수놓았던 민수로 나뉩니다. 여인들의 손에서 완성된 자수품은 보통 누가 짰는지가 따로 표시되지 않았습니다. 신사임당의 작품으로 전해지는 여러 자수가 동아대학교박물관과 숙명여자대학교박물관에 보관되어 있습니다. 학계에서는 이 자수들이 신사임당의 작품이라고 확정할 수 없지만, '신사임당 초충도'의 원형에 제일 가까운 특징을 보유한 작품이라고 합니다.

율곡 이이는 어머니 신사임당이 돌아가신 후 〈선비행장先妣行狀〉이라는 글을 남겼습니다. '어머니는 어릴 때 경전에 능통하고 글을 잘 짓고 글씨를 잘 썼으며, 그림을 잘 그리고 바느질에 능하여 수를 잘 놓았다'고 율곡은 기록합니다. 동아대학교박물관에 있는 보물 제595호인 '자수 초충도 병풍'에 이런 점이 잘 드러나 있습니다. 검은색 비단에 명주실로 수놓은 여덟 폭 병풍에는 오이, 맨드라미, 도라지, 민들레, 패랭이꽃, 국화, 가지, 여주, 원추리 등의 식물과 도마뱀, 벌, 나비, 잠자리, 여치, 들쥐 같은 곤충과 동물이 사실적으로 잘 표현되어 있습니다.

강릉에는 동서남북 어디를 둘러봐도 소나무가 있고, 울창한 숲이 많습니다. 그러다 보니 강릉 여인들은 자연스럽게 나무에서 소재를 찾아 문양을 그리고 수를 놓았습니다. 이불, 베개, 버선, 괴불노리개, 수보, 방석 등에 놓은 수는 다양하고 아름답습니다. 고운 색의 명주실을 이용해 평수, 잇는수, 자련수, 관수, 매듭수, 그물수 등으로 한 땀 한 땀 수놓았던 야문 손끝에서 옛 여인들의 예술혼을 접할 수 있습니다. 강릉자수가 매력적인 도안과 색으로 수집가들에게 사랑받고 있는 것도 아름다운 자연과 예술에 대한 전통이 있

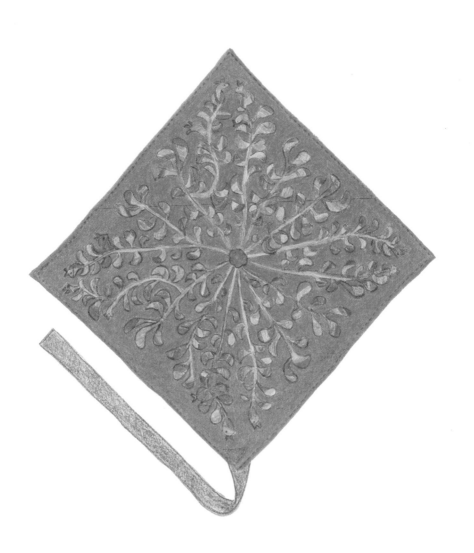

었기 때문이라는 생각이 듭니다.

강릉자수가 수집가들 사이에서 유명세를 타고 관심을 받게 된 것은 동양자수박물관 안영갑 관장의 공이 큽니다. 2011년 폐교된 학교 건물에 거액을 들여 구조를 변경하고 항균과 방습 등 특수 처리를 하여 동양자수박물관으로 보존해 왔습니다. 10년 동안 적자를 감수하며 운영해 오다가 2021년 6월 30일에 결국 문을 닫게 되었습니다. 신사임당의 자수 초충도를 새롭게 이은 강릉자수와 규방문화의 가치를 보존해 왔던 소중한 문화공간이 사라진 것 같아 안타깝습니다. 힘들게 지켜온 강릉자수의 가치와 맥이 끊겨서는 안 되겠다는 생각이 듭니다.

## 강릉수보

실과 실을 잇고 잇는
인생 수행

강릉자수 중 특히 잘 알려진 게, 수를 놓은 보자기 즉 '수보'입니다. 강릉수보는 네 귀에 끈을 달고 중앙에 추상적인 그림을 반복하여 수를 놓아서 그 세련미가 돋보입니다. 외지인이나 수집상들은 이런 독특함을 인정해 '강릉수보'라 이름 붙였습니다. 화려하게 짠 보자기는 혼례품을 담는 데 쓰였습니다. 용도에 따라 패물보 혹은 기러기보라고 하는데 통틀어 '꽃보'라고 불렀습니다.

강릉수보는 바탕 가득 나무, 꽃, 열매, 새를 저마다 다른 색의 수실로 표현합니다. 거기에다 외곽선을 금사로 수를 놓아 더 화려합니다. 수보를 보노라면 숲속 나뭇잎들 사이로 새들의 지저귐이 들리는 듯합니다. 나뭇가지는 방사형, 십자형 등 다양한데 분방하면서도 규칙이 있습니다. 중앙에서 사방으로 뻗은 줄기에 나뭇잎이

촘촘히 매달렸고. 잎은 세 가지 색실로 수놓아 자연스럽습니다. 나뭇가지 끝에는 잎과 같은 색실로 수놓은 새가 보입니다. 예로부터 꽃은 복을, 열매는 다산을 의미하죠. 시집가는 딸의 행복을 기원하는 엄마의 마음이 수놓아진 꽃과 열매에서 전해집니다.

　달리 보면, 자수는 옛 여인들이 마음을 가지런히 다독이던 수행 과정이라 할 수 있습니다. 실용성과 아름다움이 어우러진 '강릉수보'에 마치 인생을 수놓았다는 생각도 듭니다. 하나의 매듭에서 비롯하여 실과 실을 잇고 엮어서 마침내 예쁜 문양으로 면이 채워지기 때문입니다. 수없이 바늘을 꽂았다가 뽑았다가를 반복하는 과정은 순간순간 최선을 다해 살아야 하는 우리네 삶과 다르지 않습니다. 무한 반복하는 인내의 손길이 강릉수보를 짜가듯 우리 삶도 그렇습니다. 1초, 1분, 하루, 한 달이 모여 한 해가 되고 평생을 이루잖아요. 자수 역시 시간이라는 품을 들인 끝에 하나의 작품으로 완성됩니다.

## 버선본집

# 식구들의 발 크기에 맞게 그린
# 버선의 집

버선은 한복을 입을 때 발을 보호하고 맵시를 내기 위해 신었습니다. 1527년(조선 중종 22년) 최세진이 엮고 쓴 《훈몽자회》에는 '보션말'이 기록되어 있습니다. 이로 볼 때 기록 이전에 이미 버선을 사용했음을 알 수 있습니다. 옛날에 전염병이 유행하면 문기둥에 버선을 거꾸로 걸어 두었습니다. 또 금줄을 칠 때도 고추와 숯을 꽂은 왼새끼에 버선 한 짝을 끼워 넣는 풍속이 있었습니다. 부정을 막고, 귀신을 쫓고, 복을 비는 데 버선을 이용한 까닭은 그 생김새가 발목이 좁고 속이 깊어 액운이 들어가면 나오지 못한다고 여겼기 때문일 겁니다.

강릉 동양자수박물관에서 박물관 개관 10주년 기념으로 〈버선본집 이야기전展〉을 열었습니다. 버선본집은 버선을 보관하는 주

머니입니다. 1호 크기(보통 가로세로 10센티미터 내외)의 네모꼴 작은 염색 천에 예쁘게 수를 놓은 다음, 네 귀퉁이를 중심 쪽으로 접고 고정시켜서 주머니를 만듭니다.

왕실에서 사용한 버선본집의 자수 문양은 정교하고 아름답습니다. 화려한 금사로 처리해 왕실의 위엄과 권위를 보여 줍니다. 그에 비해 민가에서 짠 버선본집은 소박해서 정겹습니다. 한지로 만든 버선본에 시부모, 남편, 아들, 딸의 이름을 한글로 적어 놓아서 서로 구분하기 쉽게 했습니다. 식구들 각자의 발 크기에 맞게 그린 버선본을 버선본집 속에 고이 접어 간직했지요.

작은 크기의 버선본집에는 꽃과 새, 복을 기원하는 문자를 수놓았습니다. 자수 속에 가족의 건강과 행복을 기원하는 간절함도 담았지요. 강릉자수 버선본집은 다른 지역의 그것과 달리 추상적 문양과 오방색을 사용했습니다. 오리나 봉황처럼 좋은 일을 상징하는 새를 수놓아서 다산과 가정의 화목을 기원했습니다. 강릉 여인들의 가족 사랑하는 마음을 읽을 수 있습니다.

학창 시절 여학생들은 '가정'이나 '가사' 수업이 있었죠. 이 시간에는 실제로 음식을 조리하거나 바느질을 했습니다. 한지로 한복도 만들고 버선도 만들었지요. 이 작업은 곡선미를 살리는 게 가장 중요합니다. 한복 상의 소매 쪽 도련이나 버선의 발뒤꿈치와 발목 사이 잘록 들어간 곳에 곡선미를 살려 주는 게 기술이지요. 실물보다 축소하고 한지를 써서인지, 마치 인형의 옷을 만들 듯 재미났습니다. 그때 만들었던 한지 한복이나 버선이 지금껏 남아 있다면 학창 시절 소중한 추억을 소환하는 재미가 있었을 텐데 아쉽기만 합니다.

## 강릉 색실 누비쌈지

# 옛 여인의 세밀한 바느질 공예

화려한 색실을 썼지만 소박한 멋이 있는 '강릉 색실 누비쌈지'는 독특합니다. 천과 천 사이에 솜을 집어넣어 보온성을 높이는 누비와 달리, 한지를 넣고 색실로 누벼서 생활에 쓰는 소품을 만들었기 때문이지요.

'색실 누비 기법'의 바느질은 오로지 우리나라에만 존재합니다. 무명천에 문양을 그리고 박음질 선을 따라 겉감과 안감 사이에 단단하게 꼰 한지 끈을 넣은 다음 색색의 실로 한 줄씩 잇대어 누비면, 올록볼록한 골이 생기면서 튼튼한 누비로 완성됩니다. 솜 대신 한지를 넣었기에 주로 습기에 약한 잎담배나 부싯돌을 넣는 주머니로 사용했습니다. 한지를 이용해 습기를 조절하는 지혜를 발휘했던 옛 여인들의 정성에 감탄할 뿐입니다.

전통 방식으로 색실 누비쌈지를 하나 만드는 데에는 작은 소품이라도 꼬박 한 달이나 걸리기에 '눈물쌈지'라고도 했습니다. 바늘땀은 1.5밀리미터, 골과 골 사이는 2밀리미터를 넘지 않는 세밀함을 요했으니 얼마나 집중했을까요.

정성의 미학인 색실 누비쌈지는 서민의 일상 용품으로 썼기에 남아 있는 작품이 많지 않습니다. 근대화와 산업화로 전통 방식으로 소품을 만드는 작업은 거의 사라졌습니다. 다행히 강릉 색실 누비쌈지의 문양과 바느질 패턴은 2018평창동계올림픽의 예술 포스터였던 '겨울스티치'를 만드는 데 영감을 주었고, 이로 인해 세계인에게 강릉 여인의 규방문화를 알렸답니다.

색연필로 '강릉 색실 누비쌈지'를 그려 봤습니다. 그리기도 어려운데 어찌 한 땀 한 땀 박음질을 했을까 싶습니다. 마음을 다독이며 번뇌를 다스리고 외로움을 견디어 왔던 그 옛날 여인들의 마음을 생각해 봅니다.

## 타래버선

여아는 홍색 실, 남아는 청색 실로
누빈 버선

타래버선은 돌이나 생일날 아기들 발에 신기던 버선을 말합니다. 천을 누벼 만든 버선의 양 볼에 수를 놓고 여자 아이에게는 홍색 실로, 남자 아이에게는 청색 실로 바느질해서 코에 방울을 달았습니다. 다섯 가지 색실을 섞어서 방울을 달기도 했지요. 방울에는 부귀 영화와 번영을 담았다고 보면 됩니다. 타래버선의 발목에는 묶을 수 있게끔 끈을 달았는데, 이는 활동량이 왕성한 아이들이 신어도 잘 벗겨지지 않게 하려는 기능이 있습니다.

예전에는 버선에다가 백 개의 줄을 누비면 아기가 백 살까지 장수한다고 믿어서 누빈 천을 사용했다고 합니다. 의료 기술이 발달한 요즘도 아이가 열이 오르면 부모들은 맘을 졸이는데 옛날에는 오죽했을까요. 아이가 건강하게 자라기를 바라는 부모의 맘이 타

래버선에 고스란히 담겨 있습니다.

옛 어머니들의 손길은 참 바지런했습니다. 고된 농사일을 마치고 저녁밥을 해 먹이고 설거지가 끝나도 또 다른 일이 기다립니다. 호롱불을 밝혀도 어둑한 방에서, 눈이 감기지만 무거워진 어깨를 가누며 어머니는 바늘에 실을 꿰었을 겁니다. 실의 끝이 단번에 바늘귀에 들어갔을까요? 침침한 눈을 비비고 다시 실 끝에 침을 발랐겠죠. 손끝에 힘을 넣고 바늘귀에 꽂지만 자꾸만 어긋나겠지요. 몇 번이고 되풀이해서 간신히 실을 꿰어 바느질했을 겁니다. 어머니의 사랑과 정성이 솔기마다 밴 타래버선은 세상에서 가장 아름다운 버선입니다.

## 강릉조각보

# 색색의 자투리 천이 예술이 되기까지

강릉수보만큼 특별한 조형미가 있는 것이 강릉조각보입니다. 옛 여인들은 바느질하고 남은 색색의 자투리 천을 활용해 다양한 바느질 도구나 노리개, 조각보를 만들었습니다. 조각보는 조각조각의 천을 이어 만든 보자기예요. 가지각색의 고운 색이 만들어 내는 조화와 조형미가 돋보입니다. 공간을 구성할 때 무질서한 것 같지만 우연성이 빚어내는 색감이 아름다운 것도 있고, 각각의 천을 규칙적으로 배열해 균형미를 갖춘 것도 있습니다. 작은 조각들을 이어 붙여 전체를 연결하는 구성력이 탁월해야 아름다운 보자기를 만들 수 있습니다.

조각보를 완성하기 위해서는 바느질 기법도 다양하게 구사할 줄 알아야 합니다. 바늘땀을 위아래로 드문드문 성기게 꿰매는 홈질,

천의 양끝이나 옷의 단에서 꺾어진 곳을 튼튼하게 꿰매는 감침질, 옷감을 연결할 때 기본인 박음질, 본 바느질 전에 임시로 꿰매는 시침질, 오른쪽과 왼쪽을 교차하며 꿰매는 사뜨기, 시접이 풀리지 않게 천을 안으로 접어 가면서 박는 쌈솔 등을 자유롭게 할 수 있어야 만들 수 있는 것이 조각보입니다.

조각보는 남은 천을 알뜰하게 이용한다는 장점도 있지만 정성을 모아 복을 비는 마음도 들어있습니다. 이어 붙인 조각이 많거나, 할아버지가 입던 옷을 뜯어 아기 옷을 만들면 오래 산다는 속설이 있습니다. 조각보의 색깔이 다양하고 많을수록 집안의 부와 품격을 드러낸다고도 생각했습니다.

강릉 동양자수박물관에서 소장했던 조각보 중에는 누비 기법으로 바느질하고 봉황을 수를 놓은 것도 있어서 인상적이었습니다. 색채의 배합이나 선과 면의 분할과 구성, 봉황을 수놓은 솜씨가 최고인 작품입니다.

공을 들여야 완성되는 조각보를 만들면서 옛 여인들은 무슨 생각을 했을까요. 고운 천을 이었기에 고된 노동이라 여기지 않았길 바랍니다. 여성에게는 폐쇄적이었던 사회 분위기 속에서 마음을 다독이며 예술 작업을 하는 시간이었다면 얼마나 좋을까요.

## 신사임당의 <초충도>

# 살아 움직이는 강릉의 생물을 담다

신사임당은 우리나라를 대표하는 화가입니다. 남성 중심인 유교주의가 뿌리 깊었던 조선시대에 여성으로서 예술적 열정을 당당하게 실행했고, 그 결과물로 많은 그림과 시와 서예 작품을 남겼습니다. 조선 사대부나 주류 미술계가 유교주의 관념을 표현한 그림을 그릴 때, 사임당은 포도와 산수, 초충도와 같은 자연을 대상으로 한 그림을 그렸지요. 당시 흔하지 않던 지평선과 원근법을 그림에 적용했다는 점은 놀라운 일이 아닐 수 없습니다.

사임당은 무엇보다 살아 움직이는 것들에게 관심을 주었기에 풀과 곤충과 꽃을 그렸습니다. 사임당이 살았던 집의 뜰에 있었던 양귀비와 풀거미, 가지와 사마귀, 수박과 여치, 오이와 메뚜기, 원추리와 벌, 수박풀과 쇠똥벌레, 맨드라미와 개구리, 봉선화와 잠자리,

수박과 패랭이꽃, 여주와 쑥부쟁이는 지금도 여전히 피고 볼 수 있는 것들이기에 더 친근하게 느껴집니다.

　아들 율곡을 대학자로 기른 것도 훌륭하지만 시대를 앞선 사임당이 남긴 자취는 더 의미가 있습니다. 율곡과 신사임당을 있게 한 자양분이 강릉의 자연과 문화였으니 자부심이 생겨납니다.

## 허난설헌의 〈앙간비금도〉

# 자유로이 나는 새가 부러워

초당마을 숲을 지나 경포호수 쪽으로 가는 다리를 건너면 쌈지쉼터가 보입니다. 다리에는 허균의 한글소설에 나오는 홍길동 조형물이 있고, 쌈지쉼터에는 허균의 누나 허난설헌의 그림 〈앙간비금도〉를 설명한 글과 그의 대표적인 시를 적어 놓아서 눈이 갑니다.

〈앙간비금도〉는 '고개를 들어 나는 새를 바라보는 그림'이라는 뜻인데요. 아버지인 듯한 긴 지팡이를 쥔 선비와, 그 선비의 손을 잡은 붉은 저고리를 입은 어린 여자 아이가 고개를 한껏 젖혀 하늘을 날아가는 새를 바라보고 있는 그림입니다.

조선시대 문인화에서 여인의 등장은 극히 드뭅니다. 제가 본 그림 중에 여인이 등장한 것은 〈앙간비금도〉가 유일합니다. 이 그림은 허난설헌의 아버지인 허엽의 12대 후손이 보관해 왔습니다. 그

림을 분석하는 사람들은 소녀가 바로 허난설헌 자신을 형상화했다고 추정합니다. 새처럼 자유롭게 마음껏 하늘을 날아다니는 새를 부러워하는 마음이 투영되었다는 거죠. 틀린 말은 아닌 듯합니다.

아버지 허엽은 여자 아이에게는 글이나 문장을 가르치지 않았던 당시의 세태와 달리, 아들이든 딸이든 구별하지 않고 평등하게 교육을 시켰다고 합니다. 그렇다 보니 난설헌의 여성적 자의식은 높았을 겁니다. 이름도 예쁜 '초희'라 짓고 당대 최고의 시인 이달을 가정교사로 들여 마음껏 재능을 발휘하게 해 주었습니다. '난설헌'이라는 호도 '눈 속에 난초가 있는 집'이라는 뜻이에요. 난은 연약해 보이나 엄동설한을 버텨 내고 봄에 난향을 온 천지에 뿜습니다. 그 자태가 매혹적이고 아름답지요. 난의 꽃잎은 나비처럼 날개를 펼 듯 접을 듯 달렸고, 꽃대는 꼿꼿하여 절개를 품은 선비의 기품을 보여 줍니다. 난설헌도 그런 난초처럼 살다 갔다는 생각이 듭니다.

〈앙간비금도〉를 자세히 보면 놀랍습니다. 사대와 가부장 중심의 가치 체계가 주류였던 조선 중기인데도 여성 특유의 섬세한 감각과 감성이 그림에서 느껴집니다. 윤곽을 선으로 묶고 그 안을 색으로 칠하는 구륵법으로 그린 나무, 풀잎과 볏짚 같은 이엉으로 지붕을 이은 정자의 모습은 그 스케치가 정확해서 사실감을 높여 줍니다. 정자 앞에는 흙으로 쌓은 둑과 강이 만나는 경계선이 있고 그곳에는 수초가 자라고 있지요. 멀리 보이는 둥근 산의 모습도 편안하게 보입니다. 여자 아이가 가리키는 하늘에는 여덟 마리의 새가 자유롭게 날아다니고 있습니다. 현재 강릉 초당마을 숲에 위치한 허균과 허난설헌 기념관 주변 풍경과, 그 허씨 남매의 생가 터로 추측되는 고택의 마을 풍경이 〈앙간비금도〉 속의 풍경과 비슷하다는 생각이 들어요. 당대 문인화에서는 흔하지 않게 실제 경치를 보는 듯한 현장감이 돋보이는 그림입니다.

난설헌은 명문 안동 김씨인 김성립과 열다섯 살에 혼인하지만 슬픈 일이 연달아 생깁니다. 남편과 소원한 관계, 고부 갈등, 당파 싸움으로 목숨을 잃은 아버지, 율곡을 탄핵하다 귀양 후 객사한 오라버니 허봉, 돌림병으로 잃은 어린 딸과 아들, 뱃속 아이의 유산 등이었지요. 그녀는 자신의 운명을 예언한 시를 쓰고 스물일곱 살에 생을 마칩니다. 천재적인 재능이 있었음에도 시대의 벽과 개인적인 불행에 막혀 좌절했을 시인이 가장 행복했던 시절을 〈앙간비금도〉에 그려 두었다는 생각이 듭니다. 그녀가 고향 강릉을 그리워하며 쓴 시를 읽으니 더 애틋해지네요. 함께 감상해 보실까요?

우리 집은 강릉 땅 갯가에 있어
문 앞 흐르는 물에 비단옷 빨았지요
아침이면 한가롭게 목란배 매어놓고
짝지어 나는 원앙새를 부럽게 보았지요

## 3부

# 이야기 꽃피는 문화재

## 강문 진또배기

# 호수와 바다를 잇는 땅에 솟은
# 오리 세 마리

강릉 강문 진또배기는 우리나라에서 가장 아름다운 솟대라는 평을 받습니다. 원래 진또배기는 강문 마을 입구 남서낭당 앞에 서 있었대요. 진또배기가 있는 강문은 '강이 흐르는 입구'라는 뜻으로, 경포호수의 물이 바다로 나가는 곳에 위치한 작은 항구입니다. 지금은 횟집과 커피숍이 즐비해 관광객들의 발길이 늘 닿는 곳입니다. 현재 이 강문다리 근처에 솟대공원이 조성되어 있습니다.

강문 진또배기는 높이 4.5미터, 둘레 35센티미터 가량의 솟대인데, 'Y'자 모양의 긴 나무 꼭대기에 세 마리의 목각오리가 서북쪽 경포대 방향을 바라보고 있는 형상입니다. 진또배기의 '진또'란 긴 대나무를 뜻하는 '긴대'가 '진대'로 변하고 '진대'가 읽기 편하게 다시 '진도', '진또'로 변한 것이지요. '배기'란 땅에 박혀 있다는 뜻의

'배기'니까, 풀어 보면 '긴 대의 나무가 땅에 박혀 있는 모습' 정도가 됩니다.

'솟대'는 일반적으로 긴 장대 끝에 나무로 만든 새를 올려놓은 걸 말해요. 솟대는 주로 마을 입구에 세워 놓았습니다. 솟대가 서 있는 곳을 솟대배기, 수살목, 진또배기라고 불렀습니다. 그런데 옛 사람들은 왜 솟대를 세웠을까요?

솟대를 세운 목적은 크게 세 가지입니다. 첫째, 개인이나 가정의 복을 빌기 위해서입니다. 둘째, 마을의 안녕과 풍어, 평안함을 기원하기 위해서입니다. 셋째, 마을의 경계를 표시하기 위해서입니다. 특히, 물과 불과 바람 이렇게 세 가지에서 오는 재앙을 막아 주고 솟대가 잡귀나 부정한 것을 쫓는다고 믿었습니다.

솟대는 하늘과 땅을 잇는 다리이기도 했습니다. 땅에 사는 사람들의 온갖 소원을 하늘에 있는 신에게 전달한다는 상징이 담겨 있다고 보면 돼요. 새는 하늘과 땅을 자유롭게 날아다니는 생물이면서도 풍요를 상징하기도 합니다. 벼농사를 짓는 농부에게 새는 비를 몰아 주는 농경의 수호신이었습니다. 솟대에 올려놓은 새는 대부분 오리, 기러기, 해오라기와 같은 물새나 철새지요. 이 중에서도 오리가 가장 많습니다. 오리는 농사짓는 데 꼭 필요한 '물'을 상징합니다. 그래서 사람들은 오리를 솟대에 얹어 마을의 풍요를 기원하게 된 거지요. 솟대는 보통 마을 입구에 혼자 서 있지만 대개 장

승과 함께 서 있어요. 하지만 강문 진또배기 옆에는 장승이 없는 게 특이한 점입니다.

강문마을에서는 진또배기 풍어굿을 합니다. 매년 정월 대보름, 4월 대보름, 8월 대보름에 여서낭, 남서낭, 진또배기에서 제를 올렸지요. 강문에서는 3년에 한 번씩 4월 보름날 굿을 하는데 이때 진또배기를 새로 깎아 모십니다. 1975년에 열린 전국 민속경연대회에 '강문 진또배기제'라는 이름으로 출전해 강문마을의 민속 문화를 알리기도 했답니다. 2004년 서울세계박물관대회 포스터의 그림이 강문 진또배기였던 것도 의미 있고 자랑스러운 일입니다.

흥미로운 게 또 하나 있습니다. 강문다리 옆에 세워 놓은 호랑이 돌조각상은 한 가지 설화를 품고 있습니다. 옛날에 강문 어촌마을에서 성황제를 지내면 여성황당 뒤편 평구나무 부근에 호랑이가 나타나 바위에 앉아 제를 지켜 보았다네요. 호랑이는 남성황당으로 자리를 옮겨 휴식을 취하고는 죽도봉(현 씨마크호텔) 쪽으로 사라졌다고 해요. 특히 1900년대 초에 마을에 재해가 나면 호랑이가 바위에 앉아 마을을 향하여 눈을 껌벅거리고 꼬리로 바위를 쳐서 미리 재해를 알렸다고 합니다. 마을의 안녕과 풍어를 기원하는 사람들은 그 마음을 담아 호랑이 조각상을 다리 입구에 세웠지요.

# 남대천의 꽹과리도 숨죽이는 무언극

강릉단오제는 우리나라에서 가장 역사가 깊은 전국 최대 규모의 전통 축제입니다. 음력 5월 5일 단오는 삼국시대부터 민속 명절로 자리 잡았고 조선시대부터 설, 한식, 추석, 동지와 함께 5대 명절로 지내 왔지요. 강릉단오제는 글자 그대로 제사를 지내는 행사인데, 대관령국사성황에게 제사를 지내 풍농과 풍어를 기원하며 더불어 지역 사람들이 한바탕 축제를 벌입니다.

허균은 1603년(선조 36년) 강릉에 왔다가 단오제를 구경하고는, 당시 섬겼던 대관령 산신이 바로 김유신이라는 기록을 자신의 저서 《성소부부고》에 남겼어요. 김유신 장군을 신으로 섬긴 까닭은 고구려와 백제를 평정한 기개가 지역을 두텁게 지켜 줄 것이라는 믿음에서였을 거라 생각합니다. 요즘 단오제의 주신으로 모시는 범일국사의 신격화는 임진왜란 이후 이루어졌을 거라는 학자들도 있습니다. 임진왜란으로 국토가 유린당한 처참함과 고통을 기억하던 민중은 시대를 초월해 자신들을 구원할 인물로 강릉 출신인 범일국사를 역사에서 불러냈다고 학자들은 말합니다.

강릉단오제에서는 제례, 단오굿, 가면극, 농악, 농요, 그네뛰기, 씨름, 창포물로 머리 감기, 수리취떡 먹기 등 풍성하게 열립니다. 강릉단오제는 국가무형문화재 제13호로 보존되고 있다가 2005년 11월 25일 '유네스코 세계인류구전 및 무형문화유산 걸작'으로 등재되었습니다. 이제 강릉단오제는 전통문화 계승의 통로이자 문화교육의 장으로서 그 기능을 담당하고 있습니다.

유년 시절 강릉 남대천에서 펼쳐지던 단오제 굿당의 꽹과리 소리는 유월 하늘을 조각낼 듯 쨍쨍했습니다. 단오굿이 펼쳐지는 동안 제단에는 화려하게 장식된 꽃과 등, 제물이 풍성했어요. 구성지고 애절한 목청으로 풀어내는 무녀들의 노랫가락에는 집안의 평안함과 자식들의 무병장수를 비는 어머니들의 간절한 바람도 들어 있었지요. 사람들은 고수의 북장단에 하나 되어 노래 부르고 춤추며, 고단한 노동에 시달렸던 피로를 마음에 잠겨 있던 신명과 함께 풀어냈습니다.

6월의 불볕더위에도 서커스 마당의 매표소 앞에 모여든 사람들은 기둥에 매달린 원숭이의 붉은 엉덩이를 쳐다보았습니다. 짙게 화장한 어린 소녀가 간이 무대에 올라가 몸을 뒤로 젖히고 가랑이 사이로 머리를 빼는 절묘한 모습을 침을 꼴딱 삼키며 바라보았죠. 등에 얼룩진 땀이 소금꽃으로 피어나던 소녀의 모습은 왠지 슬퍼 보였습니다. 약장사들이 차린 가설 무대 천막 안은 끈적끈적한 땀 냄새가 뒤섞였지만 심청전과 춘향전 같은 공연을 보는 관객의 열기는 뜨거웠죠. 가마니를 깔아 놓은 객석에서는 할머니들이 더덕 뿌리 같은 손가락으로 울다가 웃다가 박수치며 그날만큼은 세상 시름을 잊으신 듯했습니다. 단오제가 열리는 남대천의 풍경은 예나 지금이나 우리네 소박한 민중들의 삶과 애환, 만남과 헤어짐, 정겨운 일상이 펼쳐집니다.

단오제에서 보는 강릉 관노가면극은 우리나라에 하나밖에 없는 무언극입니다. 오로지 춤과 몸짓만으로 한마당 연희를 펼치죠. 다른 곳의 탈춤이나 가면극은 대사가 있고, 그 대사로 양반이나 권력층을 풍자하며 사회 모순이나 부조리를 비판하는데 반해, 관노가면극은 그렇지 않습니다. 엄격한 신분 사회였던 조선시대에 관노들이 말로써 양반의 허구성을 풍자하기에는 한계가 있었을 겁니다.

관노가면극에는 양반광대 한 명, 소매각시 한 명, 장자마리 두 명, 시시딱딱이 두 명 이렇게 총 여섯 명이 등장합니다. 양반광대는 옥색 도포를 입고 한 손엔 부채를, 다른 손에는 대나무 담뱃대를 들고 흰 얼굴에 호색한 표정을 지으며 의젓하게 등장합니다. 배꼽 아

래까지 내려오는 긴 수염은 양반의 권위를 보여 주지만, 소매각시를 유혹해 자신의 욕망을 채우려 하는 속물이라 할 수 있습니다.

소매각시는 노랑저고리에 빨강치마를 입습니다. 얼굴은 하얗고 가늘고 부드러운 반달눈썹에 빨간 연지 곤지를 찍었으며 입꼬리가 위로 올라간 빨간 입술이 생기 있어 보입니다. 양반광대를 따르다 시시딱딱이의 치근거림에 흔들리지만 양반의 긴 수염에 목을 감아 자살을 시도하는 극단적 행동을 해 양반의 오해에서 벗어납니다.

장자마리는 우리나라 가면극에서 유일하게 얼굴이 가려지는 탈 대신 몸 전체를 포대자루 같은 푸른 잿빛 삼베옷을 뒤집어쓰고 있습니다. 눈과 코와 입 자리에 둥그렇게 뚫린 구멍과, 둥근 테를 넣어서 불룩해진 배를 잡고 뒤뚱거리며 걷는 모습에서 무서움은 찾아볼 수 없고 재미있기만 합니다. 또 허리와 어깨에 해초와 곡식을 달아 놓은 것은 풍요와 풍어를 기원하는 민속신앙을 담았다고 보면 됩니다.

시시딱딱이는 검은 눈썹과 찢어진 눈, 옆으로 길게 찢어진 입꼬리가 아래로 처져 있습니다. 얼굴에는 다섯 가지 색으로 점이 찍혀 있고, 물감으로 칼자국 같은 선을 그은 상처 자국이 선명해서 험상궂어 보이죠. 손에는 붉게 칠한, 버드나무(또는 복숭아나무)를 깎아 만든 칼을 들고 있어서 다소 위협적이고요. '시시'라는 말 자체가 잡귀를 쫓아내는 구음 '쉬쉬'라고 하니, 시시딱딱이는 옛 사람들이 두려워하던 홍역이나 무서운 질병이 접근하지 못하도록 막는 역할을 했다고 본답니다.

관노가면극은 비록 양반에 대한 신랄한 풍자나 하층민이 가질 수 있는 저항 의식은 없지만, 소통을 통해 갈등에서 화해로 넘어가 한바탕 신명 나게 놀아보자는 의미가 담겨 있습니다.

## 강릉 한송사지 석조보살좌상

# 통통한 얼굴에 미소 잔잔한 문수보살

한송사는 220여 칸에 이르는 대규모의 절이었지만 조선시대에 큰 해일로 사라졌대요. 지금은 18전투 비행단 공군부대 안 산림항공관리소 부근에 터만 남아 옛 영광의 흔적만 남아 있을 뿐입니다. 이곳에서 발견된 국보 제124호 한송사지 석조보살좌상은 일제강점기에 강릉측우소 기사였던 와다 유지가 1912년 일본으로 빼돌렸다가 1965년 맺은 한일협정에 따라 되돌려 받은 몇 안 되는 유물입니다.

한송사지 석조보살좌상은 지혜를 상징하는 문수보살입니다. 높은 원통형 모자를 쓴 보살은 통통한 얼굴에 잔잔한 미소를 짓고 있어요. 부드러운 천으로 된 옷을 걸치고 목걸이를 하고 팔찌를 차고 있습니다.

이 보살상의 가장 큰 특징은 우유 빛깔 하얀 대리석으로 만들어졌다는 점입니다. 어릴 적에는 이런 돌을 차돌이라 부르며 귀하게 여겼어요. 햇빛에 비추면 반짝반짝 빛이 났거든요. 우리나라 석조 유물은 대부분 화강암인데 비해, 한송사 터에서 발견된 보살상은 하얀 대리석을 조각해서 화려하고 기품 있습니다.

부처는 '깨달음을 얻은 자'를 말하고, 보살은 '깨달음을 얻기 위해 수행 중인 사람'을 말합니다. 자기중심에서 벗어나 중생의 이익을 위해야 기도가 이루어진다고 하지요. 한송사지 석조보살좌상 역시 욕심 부리며 살기보다 타인을 위해 나누고 배려하면 행복해진다는 진리를 가르쳐 줍니다.

문화재에는 그 시대의 예술과 과학, 인문학적 가치가 담겨 있습니다. 볼수록 아름다운 한송사지 석조보살좌상은 고향인 강릉으로 돌아오지 못하고 현재 국립춘천박물관에 소장되어 있습니다.

## 오죽헌

# 육백 년 배롱나무와
# 율곡매가 머문 곳

강릉시립박물관과 오죽헌이 있는 마당에 들어서면 '이득을 보았으면 옳은 것인가를 생각하라(견득사의 見得思義)'는 율곡의 가르침이 먼저 마음의 빗장을 열어 줍니다. 오죽헌은 조선 중종 때 최치운이 지었고, 훗날 최응현이 신사임당의 외할아버지인 이사온에게 자신의 저택이었던 오죽헌을 물려주게 되지요. 이사온은 다시 사위 권처균에게 물려주는데 집 뒤뜰에 까마귀처럼 검은 대나무인 오죽이 자라고 있어서 그 이후 오죽헌이라 부르게 되었답니다. 신사임당의 친정이기도 했던 오죽헌은 그의 아들 율곡 이이가 태어남으로써 더욱 유서 깊은 곳이 되었습니다. 오죽헌은 율곡이 죽은 후 안동 권씨 죽헌공파 후손들이 16대까지 온전하게 잘 보존하다가 1975

년 강릉시 소유가 되었습니다.

　오죽헌은 보물 제165호로 우리나라에서 가장 오래된 익공집 건축물입니다. 옛날 집을 지을 때, 지붕의 무게를 견디게 하기 위해서 기둥 바로 위에 나무로 된 틀을 짜 넣었는데, 이를 '공포栱包'라고 합니다. 공포는 기둥 바로 위에만 짜 넣은 경우 '주심포'라 하고, 이런 공포를 기둥과 기둥을 잇는 보 위에 여러 개를 짜 넣으면 '다심포'라고 부릅니다. 이 공포를 새의 날개처럼 둥그렇게 깎아 만들면 '익공'이라고 부릅니다. 어떻게 보면 소의 혓바닥처럼 보이기도 해요. 날개 모양의 공포가 한 개면 '초익공', 두 개면 '이익공二翼工'이라 하지요. 오죽헌은 민간 가옥으로는 드물게 이익공이랍니다. 오죽헌은 주심포집에서 익공집으로 변하는 과정을 잘 보여 주는 조선 전기의 중요한 건물입니다.

　안타깝게도 박정희 대통령이 지원해서 추진했던 오죽헌 성역화 사업은 졸속 행정의 결과물이 되었어요. 옛 오죽헌 고택의 정취와 운치는 사라지고 벽돌과 콘크리트로 깔린 너른 마당을 보면 실망감이 큽니다. 1975년 이전 오죽헌의 넓은 앞뜰에는 너럭바위 같은 돌이 있어서 옹기종기 아이들이 모여 담소를 나누던 쉼터였지요. 아직도 눈에 선합니다. 가을에 율곡제가 열리면 백일장과 사생대회에 참가한 학생들이 빼곡했습니다. 각자 자리한 곳에 앉아서 쓰고 그렸습니다. 저도 그곳에 있었는데 작은 상이라도 타면 우쭐해

졌지요. 이젠 다 추억이네요.

또 하나 눈길을 끄는 것은 오죽헌 경내에 있는 수령이 600년 된 배롱나무와 율곡매입니다. 배롱나무는 고사한 원줄기에서 돋아나 새싹이 자란 나무라 그 이전 나이를 다 더하면 600여 년이 넘었다고 합니다. 보통 나무들이 단단한 껍질로 자신을 보호하는데 배롱나무는 매끈한 속살을 다 드러내 놓지요. 가식 없이 알몸으로 서 있는 나무라서 끊임없이 자기를 성찰하고 청렴할 것을 가르쳐 준다하여 양반나무라고도 부릅니다.

오죽헌 옆 담 사이 작은 공간에 있는 매화나무는 천연기념물 제484호입니다. '율곡매'라 부르는 이 나무는 1400년경 오죽헌을 건립한 후 별당 후원에 심은 거래요. 사임당과 어린 율곡이 오가며 정성껏 가꿨다는 일화가 전해집니다. 사임당은 매화를 즐겨 그렸고 맏딸 이름을 매창이라고 지을 만큼 매화를 사랑했어요. 600년 세월의 흔적을 고스란히 간직한 채 의연히 서 있는 배롱나무와 율곡매는 긴긴 세월 동안 수많은 사람들의 이야기를 품어 왔고 앞으로도 계속 지켜볼 것입니다.

## 방동리 무궁화

질 새 없이 또 피는 꽃으로
백이십여 년

무궁화라는 이름은 '끝없이 꽃이 피는 나무'라는 뜻입니다. 꽃봉오리가 한꺼번에 다 피지 않고 차례차례 피고 지기를 반복해서 항상피어 있는 듯 보여요. 한 송이가 아침에 피어나서 저녁에 지고 나면, 다음 날은 더 예쁜 꽃이 새롭게 피거든요. 이렇게 나무 한 그루에서 피는 꽃은 무려 천 송이에서 삼천 송이나 된답니다.

강릉시 사천면 방동리에는 천연기념물 제520호인 우리나라에서 가장 오래된 무궁화나무가 있습니다. 강릉 박씨 종중 재실에 있는데, 나무 둘레가 146센티미터로 현재 알려진 우리나라 무궁화중 가장 굵어요. 꽃잎은 붉거나 분홍색이고 가운데 꽃술이 붉은 빛깔의 홍단심 계통으로 순수 재래종의 원형을 간직하고 있습니다. 2011년 천연기념물로 지정할 당시 수령 110년으로 추정했으며 국내 최고령 무궁화나무로 유명합니다.

무궁화는 생명력이 강해서 우리나라처럼 사계절이 뚜렷한 곳에서도 잘 자랍니다. 목련이나 개나리 같은 봄맞이꽃들이 앞다투어 꽃망울을 터뜨리는 동안 꿈적도 안 하고 숨죽이다가 7월이 되면 꽃이 활짝 피어나지요. 햇빛이 알맞고 물 빠짐만 좋으면 가뭄이나 장마에도 끄떡없답니다. 또 가지를 꺾어서 땅에 꽂아도 웬만하면 잘 자라는 특징이 있습니다.

무궁화는 벌레가 많이 끼지요. 어릴 적에는 무궁화 가지에 새까맣게 달라붙은 검은 진딧물이 징그러웠어요. 하지만 무궁화에는 곤충에게 필요한 영양분이 많습니다. 그래서인지 뿌리, 줄기, 잎, 꽃, 열매 모두가 귀한 약재로 쓰이죠.

나라마다 상징하는 꽃이 있습니다. 우리나라 꽃은 무궁화지요. 우리나라 꽃은 무궁화라고 법률로 정해 놓지는 않았지만 국화로 본격 거론한 시기는 구한말 개화기입니다. 갑오개혁 이후 선각자들은 민족의 자존감을 높이고 열강과 대등한 위치에 서기 위해 국화를 정해야 한다고 생각했습니다. 일제강점기에는 무궁화가 우리나라를 상징한다는 이유로 수난을 당하기도 했습니다. 심지어 보기만 해도 눈에 핏발이 선다고 해서 '눈에 피꽃', 손에 닿기만 해도 부스럼이 생긴다고 해서 '부스럼꽃'으로 바꿔 부르게 했으니까요. "피고 지고 또 피어 무궁화라네"라는 노랫말처럼 선조들은 조선의

끈질긴 생명력과 일제에 대한 저항 정신을 담아 무궁화를 아꼈답니다.

강릉시 사천면 '방동리 무궁화'를 만나러 가려면, 강릉아산병원에서 강릉농업기술센터 쪽에 있는 안내판을 따라가면 됩니다. 여름에 가면 무궁화가 있는 재실 건물 왼쪽에 배롱나무가 하얀 팝콘을 뒤집어쓴 듯 활짝 핀 모습을 볼 수 있습니다. 자홍색 배롱나무는 흔하지만 '하얀' 배롱나무는 정말 드물지요. 재실 옆이라 일부러 하얀 배롱나무를 심은 듯합니다.

무궁화에 대한 글을 쓰다 보니 어릴 때 동네 공터에서 아이들과 '무궁화 꽃이 피었습니다'를 바락바락 외치며 놀던 생각이 나요. 서로 손을 잡고 절대로 들키지 않을 태세로 긴장하며 한 걸음씩 걷던 기억이 새록새록 납니다.

**강릉향교**

# 공자를 모신 칠백 년

700년 역사를 가진 강릉향교는 대성전을 비롯하여 명륜당, 동무, 서무, 전랑이 모두 보물로 지정되어 있습니다. 나주향교, 장수향교와 더불어 3대 향교로 꼽히는 강릉향교는 현재 남아 있는 340개 향교 가운데 거의 완벽한 규모와 기능을 갖추고 있습니다. 강릉향교의 건축물은 붉은색과 녹색의 조화가 단정합니다. 기둥은 흰색과 검은색, 황토색을 짙게 발라서 차분하고 엄숙한 분위기입니다.

경사진 지형을 잘 살려 짠 건물들의 구조와 배치는 규모와 달리 소박하고 검소합니다. 앞쪽 낮은 곳에는 학문을 닦고 연구하는 공간인 명륜당과, 유생들의 기숙사인 동재, 서재가 있습니다. 동재에는 양반 자제들이나 고참 유생이, 서재에는 평민 자제가 머물렀대요. 뒤편 높은 곳에는 대성전과 동무, 서무가 있습니다.

대성전은 공자와 그 제자들을 비롯해 지혜와 덕이 뛰어난 성현을 모셔서 제사를 지내던 곳입니다. 동무와 서무는 향교 대성전 앞 양쪽에 있는 건물로 우리나라 18현(최치원, 설총, 안향, 정몽주, 정여창, 김굉필, 이언적, 조광조, 김인후, 이황, 성혼, 이이, 조헌, 김장생, 송시열, 김집, 박세채, 송준길)의 위패를 모셨지요. 향교는 유생들을 가르치고 공자와 성현을 받드는 일을 중요하게 여깁니다. 지금도 해마다 봄과 가을에 '석전제'라고 하는 큰 제사를 지냅니다.

명륜당은 유생들이 수업을 듣던 교실인데, '명륜'이란 인간 사회의 윤리를 밝힌다는 뜻입니다. 명륜당은 땅의 높낮이를 이용하여 누다락처럼 지었어요. '누다락'은 기둥을 높이 세우고 그 위에 조그만 집을 얹어 놓은 것을 말합니다.

강릉향교에는 공자를 비롯한 136위의 성현을 조선시대 양식 그대로 봉안하고 있어요. 광복 직후 사대주의에서 벗어나야 한다며 성균관에서 전국의 향교에 동서무에 봉안한 신위 중 우리나라 18현의 것만 남기라 했는데 강릉향교만이 이를 따르지 않았다고 합니다. 그래서 중국 베이징대학교에서 공자의 위패를 모신 강릉향교를 찾아와 제사 지내는 전 과정을 기록하고 카메라에 담아 갔대요. 중국은 문화혁명 당시 봉건적인 문물이나 전통을 해체하는 게 새로운 사회주의 국가를 건설하는 데 도움이 된다며 문화재와 서적과 유물을 엄청나게 파괴했거든요. 그러다 보니 공자를 모시는

제사의 원형을 찾아 강릉향교까지 오게 되었던 거지요.

조선시대에는 관리가 되는 관문이 바로 문과에서 급제하는 것이었는데요. 《강원도지》에 따르면 영동 지방에서 문과 급제자가 강릉 150명, 삼척과 평해 23명, 양양 22명이었고, 문과 응시 전에 보는 사마시(생원, 진사)의 합격자는 강릉 408명, 양양 62명, 울진 36명, 평해 34명이었다고 합니다. 이처럼 강릉향교에서 수학한 유생들의 합격률이 아주 높았죠. 그런 점에서 강릉향교는 지역에서 인재를 양성하는 중요한 거점 역할을 했다고 볼 수 있습니다.

뿐만 아니라 강릉 지역의 근대 교육도 향교에서 비롯되었습니다. 대한제국 말기 1909년 근대 지식을 갖춘 인재를 기르기 위한 화산학교가 설립되었다가 한일병합조약 이듬해인 1911년에 폐교되었는데요. 1928년 강릉공립농업학교, 1940년 강릉공립여학교, 1941년 옥천초등학교, 1949년 명륜중고등학교가 향교에서 개교했어요. 강릉향교는 시대의 변화에 맞추어 민중의 의식을 깨우치고 높이는 교육 기관으로서 역할을 톡톡히 해 왔습니다. 지금은 유교와 관련된 전통문화를 현대적인 삶에 잇는 강좌를 열고 있습니다. 가을이 깊어지면 입구의 노란 은행나무가 강릉향교의 고즈넉한 정취를 더해 준답니다.

## 강릉대도호부와 이옥

# 목조 고려 관아와 파란만장한 명궁의 삶

강릉대도호부는 고려 말에 설치되어 조선 말에 폐지된 관청입니다. 이 관아 건물은 일제강점기에 대부분이 훼손되고 임영관 삼문과 칠사당만 남아 있었습니다. 그러다 2006년 임영관 복원에 이어 2012년 관아의 아문, 동헌, 별당, 의운루 등이 복원되면서 옛 모습을 되찾았습니다.

강릉대도호부의 삼문에 해당하는 '객사문'은 국보 제51호입니다. 현존하는 고려시대의 뛰어난 목조 건물로는 봉정사 극락전, 부석사 무량수전, 수덕사 대웅전 등이 있습니다. 이들은 모두 사찰인데 비해, 객사문은 관아 건축물로는 유일하게 고려시대의 것이죠. 문은 앞면이 3칸 옆면은 2칸, 지붕은 옆에서 보면 사람인人 자 모양을 한 맞배지붕입니다. 또, 지붕 처마를 받치기 위해 짠 공포 구조가 기둥 위에만 있는 주심포 양식이라 간결하고 소박하여 세련됩니다. 안정감과 위엄이 두드러진 배흘림기둥은 우리나라 전통 건축의 아름다움을 그대로 보여 줍니다. 중학교 때는 객사문이 가까이 있어 청소하러 가곤 했습니다. 그때는 객사문이 그렇게 가치 있는 문화재인 줄도 모르고 의무로 하는 청소가 귀찮다고 툴툴거리곤 했죠.

조선시대 강릉은 강원도에서 가장 큰 고을로 유일하게 대도호부사가 파견된 대도호부가 있었습니다. 중앙에서 파견된 사신과 관리들이 묵었던 객사도 있었죠. 객사는 고려와 조선시대 각 고을에 두었던 지방 관아의 하나로, 읍성의 중심에 자리하며 중요한 역할을 했습니다. 객사 건물 가운데 가장 중요한 위치에 자리한 전대청은 국왕을 상징하는 전패와 궁궐을 상징하는 궐패를 봉안하고 매달 초하루와 보름에 궁궐을 향해 절을 했어요. 새 수령이 부임하면 이곳에서 의식을 치렀죠. 객사문은 이 객사의 정문에 해당합니다. 일제강점기인 1929년에 일본은 강릉공립보통학교를 설립한다며 당시 83칸 정도 남아 있던 건물을 모두 헐고 객사문만 남겨 놓았습니다.

객사의 사무를 보던 정청에는 '임영관'이라는 건물의 이름을 적은 편액이 걸려 있는데 고려 공민왕의 친필이라고 전한대요. 공민왕이 낙산사에 후손을 얻기 위한 불공을 드리러 신돈과 반야를 데

리고 왔다가 큰 비가 내리는 바람에 강릉에서 열흘간 머물렀는데 그때 썼다고 전합니다. 기운 넘치는 행서체의 필력을 통해 고려 왕실과 국가 기강을 재정립하기 위해 애썼던 공민왕의 개혁 의지를 엿볼 수 있습니다. 하지만 공민왕의 비참한 죽음을 생각하면 안타깝습니다.

강릉은 '동예'라는 옛 부족 국가의 땅으로 번성했던 곳입니다. 고구려 미천왕 때는 고구려 세력권에 들어가 '하서량', '하슬라'로 불렸습니다. 또 신라 진흥왕 때는 신라의 영토인 '명주'가 되었습니다. 강릉대도호부의 복원으로 강릉이 유서 깊은 역사 공간이었음을 확인할 수 있습니다.

고려 말 강릉대도호부의 노비였던 '이옥'이 뛰어난 활솜씨로 위기에 빠진 강릉 지역 백성의 목숨과 삶의 터전을 지켜냈다는 이야기가 전해오고 있습니다. 1371년 이옥의 부친 이춘부는 공민왕의 개혁 정책에 참여한 신돈을 도운 반역죄로 처형되었습니다. 이옥은 오늘날 국무총리에 해당하는 벼슬인 도첨의시중의 아들이고 공민왕에게 강궁이란 칭호를 받았지만, 아버지의 죄로 인해 하루아침에 관노가 되어 강릉대도호부로 오게 된 거지요. 당시 고려 말은 왜구의 침략으로 피해가 매우 컸습니다. 대규모 선단을 꾸려 해안가 마을을 따라 약탈을 일삼던 왜구의 출현은 백성에게 공포 그 자체였습니다. 왜구는 상륙한 마을에 불을 지르고 저항하는 사람을

죽이고 포로로 잡은 백성은 노예로 팔았습니다.

그때 강릉도 안렴사 김구용은 비록 관노이긴 해도 명궁인 이옥의 용맹함을 알고는 군사를 내 주어 왜구를 물리치게 했습니다. 이옥의 활약으로 왜구는 격퇴 당해 강릉 고을로 들어오지 못하고 발길을 돌렸고 이후 다시 쳐들어오지 못했다고 합니다. 이 사건을 '이옥의 강릉대첩'이라 부릅니다.

그 후 강릉도 안렴사는 이옥의 활약을 공민왕에게 보고했습니다. 공민왕은 이옥의 노역을 면제해 주고 안장이 달린 말을 상으로 내렸습니다. 역모죄로 처형당한 부친 이춘부의 죄 역시 사면해 주었고요. 이옥은 후에 강릉도절제사를 거쳐 조선이 개국한 후에는 판한성부사라는 요직에 오르게 됩니다.

활로써 백성을 구한 이옥의 삶은 파란만장했지만 근본적으로 자기 자신과의 싸움에서 이긴 듯합니다. 지체 높은 권력가의 아들로 뛰어난 활솜씨를 가진 그가 노비가 되었을 때 느꼈을 괴로움은 참담했을 겁니다. 하지만 그 고통이 있었기에 더 노력했고 백성들의 처지를 헤아려 큰일을 해낼 수 있었다고 봅니다. 이옥의 후손 중 이맹상은 조선 태종 때 강릉대호부 판관으로 부임했다가 불타 버린 강릉향교를 같은 자리에 중건해 고려 충선왕 때 지어진 강릉향교 700년의 역사를 이어지게 했답니다.

## 굴산사 당간지주

# 장엄한 선종 사찰의 자취는 사라지고

당간지주가 있는 강릉시 구정면 학산리 마을의 풍경은 고즈넉합니다. 터만 남기고 사라져 버린 절에서 옛 영화를 증명해 보이겠다는 듯 우뚝 솟아 있는 굴산사 당간지주는 그 크기만으로도 사찰의 규모가 얼마나 컸을지 짐작이 됩니다. 굴산사지 당간지주는 우리나라에 남아 있는 당간지주 가운데 규모가 가장 큽니다. 높이 5.5미터 거대한 돌기둥 두 개는 현재 밑 부분이 묻혀 있어서 실제 지주 사이의 받침이나 기단 부분은 확인할 수 없습니다. 하지만 오랜 세월 비바람에 쓰러지지 않고 굳건히 서 있는 것을 보면 묻혀 있는 부분도 상당할 것으로 추측합니다.

예부터 절에서 행사가 있을 때에는 절 입구에 '당幢'이라는 깃발을 달아 두었습니다. 이때 깃발을 달아 주는 장대를 '당간幢竿'이라

하고 이 당간을 양쪽에서 지탱해 주는 돌기둥을 '지주'라 합니다. 대개의 당간지주는 매끈하게 다듬어 무늬나 글씨를 새긴 것이 일반적인데, 굴산사 당간지주는 형식에 구애받지 않은 투박함이 그대로 남아 있습니다.

굴산사가 언제 어떻게 없어졌는지 정확한 기록은 남아 있지 않습니다. 전성기 때 사찰의 반경이 300미터에 이르렀고 수도하던 승려가 200여 명이나 되어 쌀 씻은 물이 동해에까지 흘러갈 정도로 큰 사찰이었다고 전해집니다. 1936년 굴산사 터에서 '사굴산사 闍堀山寺'라는 글씨가 새겨진 기와가 발견되었습니다. 2002년 태풍 '루사' 때는 주춧돌, 기와조각 및 굴산사 터가 확연하게 드러났습니다. 2014년에도 비석을 받쳤던 커다란 돌거북이 발견되었습니다. 세 겹으로 된 육각 모양의 등딱지와 치켜 올라간 꼬리, 뒷발가락 등이 생동감 있게 조각되어 화제가 되었답니다.

신라 후기 847년(문성왕 9년)에 범일국사에 의해 창건되었다고 전하는 굴산사는 우리나라 선종 불교의 중심축이었습니다. 선종은 언어나 문자에 의지하지 않고 참선을 통한 내적 관찰과 자기 성찰로 깨달음을 얻는 데 목표를 둡니다. 우리나라에 불교가 전래되었을 초기에는 교종 중심의 대승 불교로 발전했습니다. 교종은 경전과 의식을 중요하게 여겨, 왕실과 국가의 안녕과 복을 비는 의식을 치르거나 왕실이나 귀족들의 체제 유지 수단으로도 중요했습니다.

따라서 이러한 교종 중심이었던 신라 하대의 혼란한 중앙 정치계와 타락한 귀족들의 생활에 대한 반감이 선종에 대한 관심을 높였을 것입니다. 새로운 사상이 등장하길 바라는 시대적 요청으로 선종이 널리 퍼지게 된 것이죠. 이런 선종의 정신을 계승한 것이 조계종과 천태종입니다. 불교신자와 승가대학 학생에게 이곳은 성지순례 코스로 반드시 들러 가는 곳이랍니다.

굴산사 당간지주가 있는 들판에 서서 하늘을 물들이는 붉은 노을을 보며 옛 승려들이 느꼈을 정서를 상상해 봅니다. 사위어지는 붉은 기운이 어둠 속으로 장엄하게 사라지는 것을 보며 마음속의 온갖 번뇌도 잊고 아웅다웅 사는 속세의 삶이 얼마나 부질없는지를 생각했겠지요.

## 선교장

# 아름다운 사대부 가옥의 절정

선교장은 99칸의 전형적인 사대부가의 상류 주택으로 1967년 4월 18일 우리나라 민간 주택 최초로 국가민속문화재로 지정받았습니다. 당시는 궁궐이나 공공건물이 아니면 국가 문화재로 지정하지 않았는데 선교장이 그 선례를 깬 것이죠. 또 2000년을 기해 KBS에서 뽑은 '20세기 한국 Top10'의 전통 가옥 분야에서 선교장이 최고의 아름다운 사대부 주택으로 선정되기도 하였습니다.

선교장은 열화당, 연지당, 동별당, 서별당, 활래정, 큰 사랑채, 작은 사랑, 행랑채, 안채, 안 사랑채 등의 건물도 아름답지만 대문 또한 아름답습니다. 솟을대문 현판에 '선교유거仙橋幽居'라 적혀 있는데 '신선이 거처하는 그윽한 집'이라는 뜻입니다. 흥선대원군이 천재라고 부를 정도로 뛰어난 솜씨를 가졌던 조선 말의 서화가 소남

이희수가 쓴 글씨랍니다. 전서, 예서, 해서, 행서에 능했던 소남은 말년에 삼척에 거주하며 강원도 민화에 많은 영향을 끼쳤습니다.

소남이 '선교유거'로 압축해서 표현할 만큼 빼어난 경치인 선교장 앞에는 맑고 푸른 경포호수가 있습니다. 이 집으로 드나들기 위해서는 배로 다리를 놓아 오고 갔다 해서 '배다리집'이라고도 불렀습니다. 선교장의 뒷산엔 수백 년을 지켜 온 노송들이 가득합니다. 뒷산 노송 숲을 걸으며 굽어보면 선교장은 품에 안긴 듯 아늑하고 옛 정취와 품위가 느껴집니다.

선교장의 주요 건물인 '열화당'은 선교장을 드나들던 시인 묵객과 가족들이 모여 정담을 나누며 책을 읽고, 시를 짓고, 거문고를 타던 곳입니다. 옛 사람들의 사귐과 멋이 느껴지는 곳이지요. 서양식 차양으로 독특해 보이는 열화당 차양은 러시아제 동판으로 만들어졌는데요. 이는 조선 말 개화기에 선교장에 머무른 러시아 사람들을 잘 대접해 준 것에 대한 답례로 러시아공사관에서 선물했다고 합니다. 녹색 빛이 도는 이 차양은 창덕궁 연경당 선향재의 차양을 모방한 것으로 우리나라 민간 가옥에서는 보기 드문 시설입니다.

선교장 입구에는 인공 연못을 파고 지은 활래정이라는 정자가 있는데요. 창덕궁의 비원을 닮은 이 활래정은 연못 속에 돌기둥을 받쳐 건물이 물 위에 떠 있는 듯 보입니다. 벽 없이 문으로만 둘러져 있어, 사방으로 문을 모두 열어 놓으면 주변의 풍경을 방안 가득 끌어들일 수 있습니다. 연못에 핀 연꽃과 아름다운 나무와 경포호수의 경관을 바라보며, 관동팔경을 유람했던 조선의 선비와 풍류객들은 이곳에서 받은 감동을 시와 글씨, 그림으로 남겨 놓았답니다. 활래정엔 온돌방과 누마루를 연결하는 복도 한 켠의 한 평 남짓한 작은 방에 찻물을 끓이고 우려내는 차실이 있습니다. 연꽃차와 연잎차를 마시는 것은 선교장의 대표적인 차 문화인데요. 우리나라에서 차실이 따로 있는 정자로는 활래정이 유일하답니다.

우리나라 건축사들이 뽑은 최고의 전통 가옥인 선교장도 알고 보면 강릉 출신의 여성 경영인이 지었다고 볼 수 있습니다. 선교장을 지은 이내번은 세종대왕의 형인 효령대군 11대 손입니다. 그의 어머니인 안동 권씨의 친정이 오죽헌이지요. 안동 권씨는 시댁인 충주에서 살다가 남편과 사별한 후 두 아들을 데리고 강릉으로 왔습니다. 그녀는 안목항과 남항진 사이에서 염전을 경영하여 번창하는데요. 당시 출가한 여성이 친정으로 돌아오는 일은 드물었는데 나름대로 자신의 운명을 개척하려 한 용기 있는 선택이 선교장의 기틀이 되었다고 봅니다. 경포대 아래쪽 저동에 집을 짓고 살다가 아들 이내번이 족제비떼를 쫓다가 명당 터를 발견하고는 그 자리에 선교장을 지었다지요. 이내번은 농업 경영에도 관심을 갖고 당시에 직파법 대신 이앙법을 쓰고 밭을 논으로 전환하는 등 신기술을 적극 도입했습니다.

수만 석의 농토와 염전 사업으로 축적한 만석꾼의 곳간에는 항상 곡식이 가득했습니다. 금강산과 관동팔경을 드나드는 수많은 시인 묵객을 접대하고, 흉년에는 창고를 열어 이웃에게 나누고 베풀었지요. 대한제국 말에 나라가 위기에 처하자 선교장의 주인이던 이근우와 지역 유지들이 근대교육 기관인 동진학교를 설립하여 지역 인재를 양성하기도 하였습니다.

일제강점기에는 나라를 되찾기 위한 독립자금을 지원했습니다. 백범 김구는 광복 후 상하이에서 돌아와 감사를 전하기 위해 선교장에 친필 휘호를 선물했습니다. 선비의 의연한 마음가짐을 표현한 '천군태연天君泰然'과 천하가 개인의 사사로운 소유물이 아니라 모든 이의 것이라는 뜻의 '천하위공天下爲公'이란 휘호입니다.

선교장에서 소장하고 있는 태극기는 등록문화재 648호로, 가장 오래된 태극기 중 하나입니다. 그 크기도 가로 153센티미터, 세로 145센티미터의 대형 태극기이죠. 옥양목으로 된 바탕천에 태극 문양과 건곤감리 4괘의 모양을 오려 낸 뒤, 다시 그 크기에 맞춰 정교하게 두 줄 박음질로 메웠습니다. 1900년 전후 제작되어 선교장 내에 설립된 동진학교에서 사용했습니다. 하지만 일제의 탄압으로 학교가 문을 닫은 뒤 광복까지 땅속에 묻혀 있어야 했습니다. 그 후 2015년 선교장을 수리하는 과정에서 발견되어 문화재로 지정받게

되었는데요. 이 태극기는 '역사성과 희귀성이 매우 높다'는 평을 받습니다.

선교장은 개방적이며 호탕하게 지어졌다고 평가받습니다. 또한 선교장의 이씨 후손들이 넉넉한 인심으로 선행을 베풀어 왔기에 여러 번 전란을 겪으면서도 300여 년 이상 건물을 온전히 보전할 수 있었을 겁니다. 주역의 문언전에 '적선지가 필유여경積善之家必有餘慶'이라는 말이 있습니다. '선한 일을 많이 한 집안에는 반드시 남는 경사가 있다'는 뜻이죠. 옛 어른들이 들려주신 '밭에 곡식을 심는 것보다 덕을 뿌리는 것이 낫다'는 말을 다시 마음에 새깁니다. 요즘도 선교장에서는 수준 높은 음악회를 마련하고 강릉 시민과 관광객을 초대하여 아름다운 선율을 선물합니다. 음악회가 끝난 뒤 울창한 소나무 숲이 병풍처럼 펼쳐진 선교장 둘레 길을 걸으며 경포호수를 바라보노라면 자연의 일부로 스며든 듯 희열과 감동이 밀려옵니다.

선교장에는 전통가구박물관이 있는데 현재는 아쉽게도 무기한 휴관 중에 있습니다. 과거 그 곳에서 만난 붉은 화각함의 아름다움에 빠져 눈길을 뗄 수 없었는데요, 아름다운 작품을 만든 장인의 고된 손길과 예술혼이 느껴져 그림으로 남겨 보았습니다.

## 옥천동 은행나무

# 호랑이의 보은, 천년을 잇다

강릉시 옥천동 중앙시장 '월화의 거리' 광장에는 수령 1000년으로 추정하는 은행나무가 있습니다. 전설에 의하면 신라시대 한 사냥꾼이 호랑이를 살려 주었는데, 호랑이는 은혜를 갚기 위해 사냥꾼에게 은행 열매를 갖다 주었대요. 그 은행 열매를 심었더니 지금처럼 큰 나무로 자랐다고 하네요. 수나무로 비록 열매를 맺지 않지만 단풍이 들면 노랗게 물들어 가을의 정취를 물씬 느끼게 하는 은행나무입니다.

옥천동 은행나무와 관련된 보은의 유산이 또 하나 있어요. 강릉역과 가장 가까운 월화의 거리가 시작되는 '말나눔터공원'에 '류행정'이라는 정자가 바로 그것입니다. 열세 살에 옥천동 은행나무 주변에 정착해 어렵게 생활하던 유호근 할아버지가 1936년 병자년

홍수 때 옥천동 은행나무 가지를 붙잡고 생명을 건졌다고 해요. 그에 대한 감사를 잊지 않고 있던 유호근 할아버지가 1998년 강릉시에 기탁금 1억을 보내 세워진 정자입니다. '류행정' 앞에는 푸른 소나무가 있고 배롱나무와 석류꽃도 피지요. 사람들은 이곳에서 잠시 쉬며 도란도란 이야기를 나눕니다.

은행나무 옆에는 고택이 하나 있는데요. 강원도 문화재자료 6호로 지정된 팔작지붕의 별당식 건물인 '보진당'입니다. 사람들의 발길이 끊이지 않는 시장 골목에서 벗어나 사방으로 뻗은 은행나무 그늘 밑에 들어가 고택을 바라보면 고택과 어울리는 정취에 빠져 잠시 쉬어 가는 데 부족함이 없습니다.

늦가을 노랗게 물든 은행잎이 하나둘 떨어지는 걸 지켜보면서, 아쉽지만 제 몫을 찬란하게 다한 자연에 고개가 숙여집니다. 그리고 '옥천동 은행나무'를 통해 보은의 의미를 다시금 새겨 봅니다.

**강릉농악**

# 새해 첫날을 여는 농사풀이 신명

농악은 우리나라 전통 민속놀이 중 가장 흥겹다고 할 수 있습니다. 농사일하던 조상들이 쇠, 징, 장구, 북 이렇게 네 악기를 중심으로 가락을 치면서 춤, 노래, 재치 있는 말을 이야기하듯 엮은 사설, 다양한 재주를 보여 주는 연극적 요소가 바탕이 된 게 농악입니다. 요즘은 농악이 농사일의 고단함을 덜기보다는 지역 축제에서 흥을 돋우기 위한 걸로 더 친숙합니다.

제가 사는 동네 가까이에 농악 연습장이 있습니다. 이 곳에서 어르신들이 모여 농악 연습하는 걸 자주 봅니다. 흥겨운 장단에 취해 구경을 한참씩 하곤 하는데요. 귀를 깨우는 금속성의 꽹과리 소리, 이를 감싸는 무게 있는 징 소리, 명확하게 리듬의 분절을 긋는 우렁찬 북소리, 그 공간을 날카롭게 때로는 나긋나긋하고 흥겨운 가락

으로 채우는 장구 소리가 한데 어우러짐은 최상의 조화입니다.

강릉농악은 '농사풀이 농악'이라고도 부릅니다. 그 이유는 논 갈고 씨 뿌려 추수할 때까지 한 해의 농사짓는 모든 동작을 흉내 내어 보여 주기 때문이죠.

강릉농악대는 새해 첫날에 집집마다 찾아가서 복을 빌었습니다. 단오제 때는 신목 행차에 앞장서지요. 물, 불, 바람에서 오는 불길한 운수, 질병과 기근을 막고 풍농과 풍어를 바라는 데 중심 역할을 했습니다. 다른 지역에서 볼 수 없는 달맞이굿, 횃불놀이, 놋다리밟기, 김매기농악, 길놀이농악, 풍어제와 관련된 굿을 하는 것도 특징입니다. 또한 무동이라 부르는 춤을 추는 어린 아이와 열두 발 상모놀이를 갖춘 것도 특이한 점이죠. 가락이 빠르고 활기차고 씩씩해 전국에서 가장 빠른 농악으로 꼽습니다. 농악은 박자와 리듬이 한데 어우러질 때 흥이 나면서 고개가 절로 끄덕여지고 어깨춤이 들썩입니다. 그래서 더 신명 나고 힘이 넘쳐 농사일의 고단함도 견딜수 있었고 마을의 화합과 친목도 다질 수 있었을 겁니다. 이때 부르는 '자진 아라리'는 현재 강원도무형문화재로 등록돼 있으며, 국가지정무형문화재인 강릉농악의 농사풀이 과정에도 논매는 소리로 불려지고 있습니다. 강릉시 구정면 학산 농요 중 하나입니다.

심어주게 심어주게 심어주게

원앙에 줄모를 심어주게

아리아리 아리아리 아라리요

아라리 고개로 넘어간다.


강릉단오제의 길놀이 행사가 펼쳐지면 강릉농악을 볼 수 있습니다. 춤과 음악과 노래와 놀이로 즐기고 소통하는 흥겨운 모습에 신명이 나서 절로 어깨가 들썩여집니다. 잠깐이지만 강릉 시민들은 농악대와 함께 자신 안에 있던 흥을 마음껏 뿜어내곤 한답니다.

## 4부

# 다정한 사람들,
# 아름다운 자연

## 강릉 말(강릉 사투리)

# 보구수운 언나들 울맹큼 컸나 얼른 만내자

갈라는 가? 갈라는 가?

날 내꼰지구 참말로 냅다 들구젤라는가?

우터하재 우터하재


나는 우터 살라구 우쩰라 그래나~이?

이래 홀쩍 가 삐리믄 내 맴은

지난 저울게 냉기 맞은 그 맨치

싸~하구 맴이 움청 시리잖소

우터하재 우터하재


발목쟁이를 콱 붙들고 강질로 주저 앉히까

자박셍이를 내뜩 웅켜 삼구 홀 뽁어치미 난리를 쳐야 되겠는가?

그랬더거 주눅이 들어 작정으하구 안 오므 오터 하겠는가?

이별하기 싫은 님으 애틋해 하미 보내야 되니

우쩨 이래 을씨년시룹고 매가리가 탁 풀리나

증 갈라거든 가더게 얼픈 돌아서 오게.


　고려시대 남녀 간의 이별을 매우 섭섭히 여기는 내용의 고려가
요 '가시리'를 강릉 사투리로 바꾸어 보았습니다. 가까운 지인들에
게 읽어 주면 모두 배꼽 잡고 웃습니다. 정말 재미있다면서 눈물까
지 흘리며 웃는 친구도 있습니다.

　2005년 신선한 웃음과 감동을 준 영화 〈웰컴 투 동막골〉에서는
한국전쟁 당시 강원도 동막골에서 마주친 남북한 군인의 화해와
우정을 다루었습니다. 이 영화가 관객의 마음을 사로잡은 이유는
투박하고 정겨운 강릉 사투리가 가진 힘 때문이라고 해도 지나치
지 않을 것입니다.

　태백산맥에 둘러싸인 고립된 지형 탓에 옛말의 흔적이 고스란히
남아 있는 '강릉 말'은 언어의 보물입니다. 독특한 억양과 말꼬리에
슬며시 힘이 들어갔다가 빠지는 강릉 사투리는 다른 지역 사람들
에게 낯설고 신선한 느낌일 겁니다. 투박하고 무뚝뚝해서 싸우는
말투 같다는 오해를 받기도 합니다. 그래도 저는 강릉 말, 강릉 사

투리가 정겨워서 참 좋습니다. 시장에 가면 집에서 농사지은 농산물을 들고 와 파는 할머니들을 많이 만납니다. 그분들과 나누는 강릉 말에 가슴이 따뜻해지고 웃음을 찾게 됩니다.

급속한 산업화와 팽창하는 현대 문명에 밀려 강릉 말, 강릉 사투리도 점점 사라지고 있습니다. 1993년 강원일보사 주최로 강릉단오제 때 제1회 '강릉 사투리 대회'가 열렸습니다. 강릉 사투리로 들려주는 지역의 생활과 문화가 담긴 이야기 대회는 단연 강릉단오제를 대표하는 최고 인기 행사였습니다. 이후 수상자들은 모임을 갖고 '강릉사투리보존회'를 만들어 강릉 말을 지키고 알리는 일에 앞장서고 있습니다.

강릉 말, 강릉 사투리 보존을 위해 노력한 분들이 많지만 꼭 기억해야 할 분이 있습니다. 《강릉방언대사전》을 집필한 김인기 씨입니다. 1948년에 태어난 그는 지역 명문 고등학교에 합격했지만 가난 때문에 입학을 포기해야 했습니다. 강릉시청 상수도 수원지 청원경찰로 퇴임한 그는 27년간 근무가 없는 날이면 홀로 발품을 팔아 강릉 말의 분포 지역을 찾았습니다. 채록 작업은 물론 단어의 예문을 표기하고 같은 뜻으로 쓰이는 사투리를 모두 정리해 《강릉방언총람》과 《강릉방언대사전》을 냈습니다. 《강릉방언대사전》의 1,735쪽에는 2만4천여 개의 단어가 수록되었으며, 책 무게만도 3.7킬로그램이나 됩니다. 언어학 전문가도 아니고 대학 교수들처럼 학술지원금도 없이 오로지 혼자 힘으로 강릉 사투리를 채록했습니다. 이 일에 인생을 바쳤던 그는 애를 너무 쓴 탓에 뇌졸중으로 쓰러졌습니다. 두 달 동안 식물인간 상태로 있다가 깨어났지만 여전히 후유증이 남아 건강이 예전만 못합니다. 그런데도 1,000개의 단어를 더 추가한 개정증보판《강릉방언대사전》을 발간하려고 준비 중입니다.

저는《강릉방언대사전》을 읽는데 꼬박 이 주일이 걸렸는데 지루할 틈이 없었습니다. 지역민의 언어와 삶이 생생히 살아 있었기 때문입니다. 조상의 의식이나 지혜가 담긴 이야기, 은근한 해학과 풍자, 상스럽고 투박한 말, 노골적인 성에 대한 표현까지 모두 담겨 있었습니다. 속된 말로 그는 강릉 사투리를 모으는 데 미쳤습니다. 한 분야에 그가 기울인 노력은 찬사를 받아 마땅합니다.

강릉사투리보존회에서는 여름철이면 해변에 현수막을 겁니다. 강릉은 산과 바다가 모두 파란 빛이라 좋다는 의미로 "강릉은 산이고 바다고 새파래 너무 좋찮쏘.", 더울 때에 다치면 상처가 덧나서 나쁘다는 뜻으로 "더울 적에 고뱅이가 까지믄 생채기가 물커서 못쓰잖쏘."라는 현수막을 강릉 사투리로 적어 놓죠. 피서객들이 보고 이해하지 못할까 봐 설명하는 글도 함께 적어 놓습니다. 설이나 추석에도 강릉역과 시외·고속 버스터미널 앞, 마을 입구에 귀성객을 환영하는 강릉 사투리 현수막이 걸립니다. KTX가 개통되고 난 후에는 빠른 시간에 올 수 있는 현상을 이야기하는 "칭구야~ 올해 한 가우 KTX 타고 오면 펜하다. 얼른 오니라.", 보고 싶은 우리 아이들 얼마나 컸는지 빨리 보고 싶다는 의미로 "보구수운 우리 언나들 올 맹큼 컸나 얼른 만내자"라는 현수막 등이 대표적입니다. 고향을 찾는 이들은 제일 먼저 강릉 사투리 현수막을 보고 웃음 짓습니다.

사투리는 언어, 민속, 생활, 역사와 같은 전통을 함께 경험하여 공동체적 문화를 공유할 수 있을 뿐 아니라 개인과 집단의 정체성을 나타낼 수 있는 고향과도 같은 것입니다. 고향이란 마음속에 깊이 간직한 그립고 정든 곳이기에, 어려운 현실과 부딪칠 때마다 다시 돌아가 쉬고 싶은 어머니의 품과 같은 곳이기도 합니다. 강릉 말, 강릉 사투리에도 그런 힘이 있습니다. 시장에 가면 어머니들이 들려주는 강릉 말이 정겨워 웃음이 절로 나옵니다. 소박하고 질박한 표현의 강릉 사투리도 이제는 우리 지역의 문화 상품입니다.

## 바우길

# 바다, 산, 호수, 계곡까지 걷는 길

강릉에는 소박하면서도 아름다운 길, 바우길이 있습니다. 제주 올레길이 바닷길이고 지리산 둘레길이 산길이라면 강릉 바우길은 바다와 산, 호수 그리고 계곡까지 걸을 수 있으며 역사와 문화가 있는 길입니다.

강원도 사람들이 '감자바우'라고 친근하게 부르는 데서 '바우길'이라는 이름이 나왔겠지만 신화에서 비롯되기도 하였습니다. 바빌로니아의 신화에 손으로 한 번 쓰다듬는 것만으로도 중병을 낫게 해 준다는 바우Bau라는 여신이 등장합니다. 바우 여신이 이 길을 걷는 누구나에게 축복을 내려 다들 몸과 마음이 건강해지기를 빌어 봅니다.

바우길을 걷다 보면 새삼 고마운 게 얼마나 많은지 모릅니다. 걷게 해 주는 튼튼한 두 다리가 고맙고, 생명을 주신 부모님이 고맙

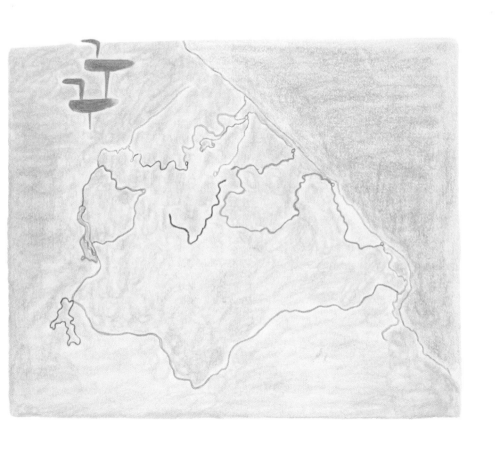

고, 함께 걷는 사람들이 고맙고, 묵묵히 길벗이 되어 주는 나무들과 작은 풀꽃들이 고맙습니다. 선자령 풍차길, 어명을 받은 소나무길, 산우에 바닷길, 향호 바람의 길, 대관령 눈꽃마을 길……. 이름마저도 아름다운 길을 걷다 보면 강릉의 속살을 제대로 볼 수 있습니다. 걸어 보세요. 그러면서 마을과 마을을 연결하는 길 위에서 만나는 사람들의 다양한 인생 이야기, 그리고 내 마음에서 들려주는 이야기에 귀를 기울여 보세요. 지친 삶을 치유하는 성찰의 시간이 될 것입니다.

## 안반데기와 모정탑

# 가을배추의 푸른 물결, 겨울 순백의 설경

'하늘 아래 첫 동네'로 불리는 안반데기의 아름다운 풍경을 많은 사진가들이 카메라에 담았습니다. 안반데기는 해발 1,100미터나 되는 높은 곳인데, 떡메로 떡을 치는 안반처럼 우묵하면서도 널찍한 지형이라서 안반데기라는 이름을 갖게 되었습니다. 험준한 백두대간 자락에 위치하다 보니 봄은 늦고 겨울은 서둘러 오는 곳이지요. 계절마다 이곳 안반데기의 풍경은 독특합니다. 봄에는 감자밭에 하얗게 꽃이 피고, 늦여름에서 가을까지는 배추의 푸른 물결로 가득하고, 겨울에는 순백의 설경이 장관입니다.

풍력발전기의 거대한 날개가 돌아가는 안반데기에서는 구름이 곁으로 다가와 몸을 감싸기도 합니다. 오르막 내리막 구불구불 난 길을 걷다 보면 어느덧 구름이 걷힌 파란 하늘과 마주하게 되며 동

쪽으로 끝없이 이어지는 푸른 바다도 눈에 들어옵니다. 밭을 갈면서 나온 돌을 골라 쌓은 멍에전망대에 올라 사방을 내려다보면 세상이 내 것인 듯 가슴이 뻥 뚫립니다. 멍에전망대에서 바라보면 일출도 아름답고 밤하늘의 별도 총총하답니다.

안반데기에 가시면 화전민들의 개척 정신과 애환이 담긴 생활상을 체험할 수 있는 안반데기 사료 전시관과, 귀틀집을 복원한 운유촌에도 들르시기 바랍니다. 수십 년간 화전민들이 고된 노동으로 조금씩 개간해 넓힌 비탈밭에는 얼기설기 이어 붙인 조각보 같은 삶의 무늬가 새겨져 있습니다. 이제 이곳은 전국에서 손꼽는 고랭지 채소 단지가 되었습니다.

안반데기에서 멀지 않은 노추산 자락에는 3천 개의 돌탑이 즐비한 모정탑길이 있습니다. 이 탑은 차옥순 할머니가 1986년부터 2011년 예순여덟 살로 숨을 거두기까지 26년간 머물며 홀로 쌓은 탑입니다. 할머니는 결혼 후 4남매를 두었는데 아들 둘이 먼저 죽고 남편도 아팠습니다. 집안에 우환이 끊이지 않았습니다. 그러던 어느 날 꿈에 산신령이 나타나 계곡에 돌탑 3천 개를 쌓으면 집안이 평안해질 거라고 계시하자, 이곳에 돌탑을 쌓기 시작한 것입니다. 저는 할머니가 돌아가시기 2년 전, 우연히 소나무 숲이 울창한 계곡을 찾았다가 움막 근처에서 할머니를 보았습니다. 하얗게 세어 버린 머리에 돌이 가득 담긴 찌그러진 양은 대야를 얹어 나르는 모습을 보고 뭉클했습니다. 아침마다 몸을 깨끗이 씻고 탑을 쌓을 때 오로지 가족의 안위만을 생각했을 그 모습은 신앙 그 이상이었을 테니까요. 할머니가 돌아가신 후 그의 가족들은 화장하여 탑 부근에 수목장으로 모셨다고 합니다. 할머니의 혼백은 여전히 탑 주변을 머물며 가족의 평안을 빌고 있을 것입니다.

## 대관령

# 돌아보니 북촌은 아득한데

태백산맥의 동과 서를 잇는 분기점이자 강릉의 관문은 바로 대관령입니다. 예전에는 이 험준한 고갯길에 출몰하는 호랑이와 도둑에게서 피해를 당하지 않기 위해 안간힘을 써야 했습니다. 송강 정철이 관동별곡을 쓰고, 매월당 김시습이 시를 남기고, 단원 김홍도가 고갯길의 아름다움에 반해 대관령 그림을 그렸던 길, 대관령은 선비들이 청운의 꿈을 안고 과거를 보러 가던 길로 아련한 세월의 흔적을 담고 있습니다. 신사임당은 여섯 살 난 아들 율곡의 손을 잡고 대관령을 넘을 때 강릉 벌판을 돌아보며 친정어머니를 그리는 사친시를 남겼습니다.

늙으신 어머니를 강릉에 두고

이 몸은 홀로 서울 길로 가는 이 마음

돌아보니 북촌은 아득한데

흰 구름만 저문 산을 날아 내리네.

조선 중종 때 강원도 관찰사 고형산이 대관령을 넓혔다고는 하지만 좁은 길은 여전했습니다. 해발 832미터 높이의 대관령에 도로가 뚫리면서 비로소 자동차와 버스가 다닌 것은 일제강점기 때입니다. 꼬불꼬불하던 대관령에 영동고속도로가 놓인 것은 1974년입니다. 제가 초등학교 4학년 때였는데 박정희 대통령이 온다고 학교 수업도 중단하고 환영을 나갔습니다. 전교생이 동원되어 도로변에 나가 태극기를 흔들었습니다. 대통령이 탄 자동차가 지나가고 보이지 않을 때까지 흔들었습니다. 그날 대통령 얼굴은 보지 못했지만 어린 마음에 대단한 일을 해낸 듯 했습니다. 초등학교 6학년, 수학여행이 없어져서 대관령 반정 기념비 앞에서 단체 사진만 찍고 돌아왔는데 그때는 아쉬움이 컸습니다.

영동고속도로가 생기자 서울 가는 시간은 줄었지만 사고는 늘어났습니다. 폭설로 도로가 막히면 눈에 파묻힌 차를 세워 두고 네다섯 시간을 걸어야 시내로 내려올 수 있었던 대관령, 브레이크가 파열되어 계곡에 트럭이 추락해도 대관령, 폭우에 미끄러져 자동차끼리 정면충돌해도 그 장소는 늘 대관령이었습니다.

사람들이 다니던 옛 대관령 길을 복원한 '대관령 옛길'은 강릉시 성산면 어흘리 6반 '굴면이'에서 '반정'을 지나 대관령 휴게소에 이르는 16킬로미터 등산로 구간을 말합니다. 입구부터 시원한 계곡 물소리와 솔향이 귀와 코를 간질입니다. 숨을 들이마시면 지친 몸과 마음에 상쾌함이 가득해집니다. 기묘하게 생긴 돌들과 능선을 따라 핀 야생화가 어우러진 풍경은 그야말로 그림입니다.

강릉 사람들이 서울로 오가려면 대관령을 반드시 넘어야 했습니다. 버스로 가자면 멀미로 곤죽이 되었죠. 꼬불꼬불 고비를 돌 때마다 눈을 꼭 감고 메스꺼움을 견뎌야 했습니다. 대관령을 넘으면 서울에 다 간 거나 마찬가지였고 대관령을 넘어와야 강릉에 무사히 왔다고 안도할 수 있었답니다.

2001년, 터널을 일곱이나 뚫는 어려운 공사로 새 고속도로가 생겼고 2시간 20분이면 서울에 도착하는 시대가 열렸습니다. 대관령을 넘던 이들의 사연도 가지각색이었죠. 성공해 보겠노라 서울 길에 나선 젊은이, 동해 해변에서 사랑과 추억의 한때를 보내고자 넘어오는 청춘들, 먹고 살기 위해 잔뜩 긴장하며 일처럼 고개를 넘던 아비어미들의 희로애락이 쌓인 곳이 대관령이랍니다.

# 소나무 숲

## 청설모 재빠른 송정 숲길

강릉에는 소나무가 참 많습니다. 눈길 머무는 곳 어디나 소나무를 볼 수 있지요. 학창 시절 소풍으로 자주 가던 곳도 솔밭이었습니다. 초등학교 때는 회산 솔밭, 중고등학교 때는 송정 솔밭이 소풍 단골 장소였답니다.

수려한 경치를 찾아다니며 단련하던 신라 화랑들이 강릉 한송정에 소나무 3천 그루를 심었다는 기록이 있습니다. 송정동이라는 지명도 소나무와 관련이 있습니다. 고려 말, 강릉 최씨의 시조이자 충숙왕의 사위인 최문한이 숭명공주와 함께 송도에서 강릉으로 오면서 소나무 여덟 그루를 가져와 이곳에 심었다고 합니다. 여덟 그루가 잘 자라 푸른 숲이 되었기에 팔송정이라 하다가 송정이라 줄여 불렀다고 합니다. 안목에서 강문 해변까지 이어지는 송정 소나무

숲길은 강릉 시민들뿐만 아니라 외지 손님들에게 사랑받는 치유의 숲이랍니다. 저도 매주 안목에서 송정 숲을 지나 강문까지 걷습니다. 바다를 곁에 두고 걷자니 소나무들 사이로 청설모가 재빠르게 지납니다. 숲의 푸르른 기운을 심호흡하니 저절로 기분이 맑아집니다.

임진왜란 때 강릉이 큰 피해를 당하지 않은 게 소나무 덕이라고 전해집니다. 조선을 쳐들어온 왜군들이 대관령 꼭대기에서 강릉을 내려다보니 바다 쪽으로 울긋불긋 군복을 입은 군사들이 질서 정연하게 모여 있는 걸 보고 겁을 먹었다고 합니다. 때가 가을이라 송정 넓은 들에서 베어 낸 수수를 말리기 위해 소나무에 걸어 놓은 모습이 마치 군사들이 붉은 옷을 입고 열을 지어 서 있는 것처럼 보였나 봐요. 이를 보고 지레 겁먹은 왜구들은 그길로 발걸음을 돌렸다고 하네요. 이런 사연 때문인지 강릉 사람들은 아무리 땔감이 부족해도 함부로 훼손하지 않을 만큼 소나무를 아꼈다고 합니다.

강릉 옥계면에는 소나무와 관련한 '산멕이기' 신앙이 아직 남아 있습니다. 산멕이기는 이름 그대로 산에 무엇인가를 먹이는 신앙, 즉 산을 대접하는 의식입니다. 소나무를 개인의 수호신으로 모시고 매년 단옷날 동틀 무렵에 마을 앞산에 가서 산멕이기를 하는데, 주민들은 왼새끼를 꼬아 만든 금줄을 자기 소나무에 묶고 음식을 신에게 바치며 가족의 안녕과 소원을 빌었습니다. 집집마다 소나무를 개인의 신목으로 삼고 집안의 수호신이나 조상신으로 숭배하는 점이 특별합니다.

강릉 금산의 고택 임경당에는 율곡이 남긴 글 '호송설護松說'이 있습니다. 임경당은 조선 중종 때 김광현이란 선비가 지었는데, 그는 진사에 올랐지만 기묘사화를 겪은 뒤 벼슬에 뜻을 버렸다고 합니다. 그 아들이 임경당 김열이지요. 김열 역시 관직에 나서지 않고 오로지 학문을 닦고 후학들을 기르는 데 노력했기에 지역 유생들의 존경을 받았습니다. 김열은 집 주위에 빼곡하게 심은 소나무를 후손들이 훼손할까 염려되어 율곡에게 글을 써 달라고 부탁했습니다. 율곡은 이에 답하여 자손들이 소나무를 아끼고 보호하여 소나무처럼 번창하고 복되기를 바라는 마음이 담긴 글인 '호송설'을 써 주었답니다.

강릉시 구정면에는 금강소나무 천연 숲인 '솔향수목원'이 있습니다. 뜨거운 햇볕을 피해 금강소나무 사이로 난 길을 산책 삼아 걷다 보면 하늘정원에 도착하는데, 시야가 탁 트여 멀리 동해까지 조망할 수 있습니다. 게다가 신선한 소나무의 향은 마음을 위로하고 파릇한 잎사귀는 삶의 원기를 북돋아 준답니다.

경포호수

# 호수를 둘러 열두 곳 누정

경포호는 '거울처럼 맑은 호수'라는 뜻을 담고 있습니다. 호수는 물에 빠져도 죽지 않을 만치인 어른 허리께 높이의 수심입니다. 예전에는 '경호'라 불렀고, 사람에게 유익함을 준다고 하여 '군자호'란 별칭도 있었습니다. 송강 정철은 《관동별곡》에서 경포호수를 '울창한 소나무 숲 사이에 깨끗한 비단을 다리미로 몇 번이나 다려 넓게 펼쳐 놓은 듯'하다고 노래했습니다. 수많은 사람들이 경포호와 주변 풍경의 아름다움을 시와 그림으로 남겼지요.

1980년대 중반까지 경포호수는 빙상경기가 열릴 정도로 빙질이 뛰어났습니다. 아이들은 앉은뱅이라 부르는 얼음 썰매를 끌고 다니거나 당시에는 귀했던 스케이트를 타고 달렸지요. 저도 부모님을 졸라 스케이트를 샀습니다. 비싼 것은 가죽이 부드럽고 착용

감이 뛰어나지만, 제 것은 값싼 인조가죽이라서 딱딱하고 발이 아팠습니다. 그래도 스케이트를 신고 뒤뚱거리며 경포호수를 달렸던 경험을 풀 수 있으니 넉넉지 않은 형편에 스케이트를 사 주신 부모님에게 감사할 뿐입니다.

경포호수 주변에는 스케이트 칼날을 세워 주는 장사치가 있었습니다. 김이 모락모락 나는 어묵 꼬챙이를 팔던 곳도 있었고, 붕어빵 장사꾼도 달콤하고 고소한 냄새를 풍기며 사람들을 불러들였지요. 또한, 수많은 얼음 낚시꾼들이 몰려와 자리를 잡고서는 찌의 움직임을 매의 눈으로 지켜보기도 했습니다.

경포호수 주변에는 우리나라에서 가장 많은 누정 문화유적이 남아 있습니다. 누정은 누樓와 정亭을 함께 아우르는 말로, 사방을 바라볼 수 있도록 마룻바닥을 땅바닥에서 한 층 높게 지은 다락집을 말합니다. 현재 경포호수 주변에는 경포대를 비롯해 활래정, 해운정, 금란정, 방해정, 호해정, 천하정, 상영정, 창랑정, 경호정, 취영정, 월파정 등의 정자가 남아 있습니다. 이 중 '해운정'은 조선 중종 때 심언광이 본가 옆에 지은 별당 건물인데요. 조선 초의 건축 양식으로 지은 날개 모양으로 깎은 익공이 하나인 초익공집이고, 3단의 축대와 기단은 한국에서 가장 높다고 합니다.

해운정을 지은 심언광의 후손인 심교만의 집(강릉시 홍제동)에서 1972년 최초로 한자음을 훈민정음으로 표기한 《동국정운》 6권 6책의 전질이 발견되었습니다. 국어 연구 자료로서 이 책의 중요성은 《훈민정음》과 쌍벽을 이룬다고 합니다. 《동국정운》은 국보 제142호로 건국대학교박물관에 소장되어 있습니다. 해방 이후 유물 발견으로는 큰 사건이었던 《동국정운》이 강릉을 떠나서 아쉽습니다. 머물렀다면 강릉을 대표하는 문화재가 되고도 남았을 텐데 말이죠.

경포호의 정자 가운데 금란정은 '금란반월계원'이 모이는 곳입니다. 금란반월계는 강릉을 대표하는 계로 우리나라에서 가장 오래되었습니다. 대사간을 지냈고 신사임당의 외가 쪽 3대조가 되는 최응현을 스승으로 모신, 강릉의 젊은 열다섯 선비가 1466년(세조 12년)에 만든 계로 500년이 넘게 이어져 오고 있습니다. 금란반월계원인 열다섯 선비들은 자신들이 만든 약속인 '맹약 5장'에 따라 서로 우의를 다지고 학문과 수양을 통해 입신출세를 하는 게 꿈이었지요. 어느 날 세조가 관동팔경을 순방하면서 강릉에 이르렀을 때, 임금의 말을 제대로 준비하지 못했다는 이유로 시종관이던 최응현을 감옥에 가두었습니다. 그 일이 있은 후, 임금이 대관령을 넘어 상원사에서 여장을 풀고 과거 시험을 열었는데 금란반월계원들이 아무도 응시하지 않았습니다. 임금이 지방 순방길에 직접 실시한 과거 시험이라면 당연히 그 지역 선비들에게 기회를 주려고 한 시험이었을 것입니다. 선비들도 과거 합격이 간절했지만, 젊은 선비들은 정통성을 잃은 부당한 권력에는 합류하지 않겠다는 결연한 의지를 보여 주었지요. 이후 역사는 세조의 왕위 찬탈에 협조하여 정치 실권을 장악했던 훈구 세력들에 대립하여 일어났던 사림파들이 정국을 주도해 갑니다. 금란반월계원들은 세조대를 지나 예종과 성종 때까지 열두 명이 사마시(생원, 진사)에 합격하고 이 중 일곱 명이나 대과에 합격하여 벼슬길에 올랐습니다. 이들은 사림파가 정국을 장악하는 길목에서 디딤돌이 되었다고 합니다. 오백 년이 훌쩍 지난 오늘날까지도 그 후손의 장자들은 계절마다 경포호 옆 금란정에 모여 금란반월계의 전통을 잇고 있습니다.

셋만 모이면 계를 한다는 말이 돌 정도로 계모임이 발달한 강릉을 두고 폐쇄적이라거나 텃세가 강하다고 말하는 사람이 있습니다. 하지만 태백산맥과 바다를 접하며 살아야 했던 지리적 고립이, 이곳 사람들끼리의 상부상조와 자체 질서 유지를 위한 방법으로 독특한 '계 문화'로 자리 잡혔다고 봐야 할 것입니다. 계 문화는 지역 공동체의 문화를 발전시키는 데 또 하나의 힘이기도 했습니다.

경포호수 주변에 조성한 연못과 가시연꽃 습지에는 칠팔 월이 되면 연잎이 초록 바다처럼 일렁입니다. 그 위로 붉고 하얀 연꽃이 연잎과 사이좋게 어울려 바람을 타고 흔들리면 고고한 백조처럼 아름답습니다. 또한 봄에는 벙싯벙싯 핀 벗꽃으로, 가을에는 울긋불긋 단풍이, 겨울에는 날아든 철새를 보며 고즈넉한 호수의 정취를 느낄 수 있습니다.

사백사십오 년 내려온
마을 합동 세배

어릴 적에는 설날이면 마냥 좋았습니다. 세뱃돈을 받을 거라는 기대감 때문이었죠. 하지만 어른이 되고 보니 그 시절에는 세뱃돈을 마련하는 게 참 부담이었겠다는 생각이 듭니다. 세배꾼들이 오면 맛난 음식을 내놓고 안부를 묻고 덕담을 나누는 풍경은 정겨운 기억으로 남아 있습니다.

강릉에는 마을 어른들에게 합동으로 세배하는 '도배식' 행사가 열리는 곳이 있습니다. 이웃 간에 정이 사라지고 삭막해진 현대인의 생활이지만, 아직도 끈끈하게 마을 사람들 간에 정을 나누는 아름다운 전통을 지켜 온 곳이 바로 성산면 위촌리입니다. 마을의 합동 도배식은 조선 중기인 1577년 마을 주민들이 대동계를 조직한 이후 445년이 지난 지금까지도 이어지고 있습니다.

도배식은 설 다음 날인 정월 초이튿날 아침, 마을 주민들이 가장 나이 많은 촌장을 비롯한 웃어른에게 세배하는 것으로 시작합니다. 세배를 마친 주민들이 촌장에게 존경의 표시로 술을 대접한 후 정성껏 마련한 선물을 드립니다. 촌장은 마을과 가정의 안녕을 기원하는 덕담으로 답례하고 주민들도 서로 합동으로 세배합니다. 이렇게 다함께 모여 인사하고 음식을 나누며 새로운 한 해를 시작한답니다. 지금껏 이어 온 합동 세배의 전통은 웃어른을 잘 모시고 마을의 화합을 다지는 오랜 축제의 자리며 앞으로도 간직할 우리의 아름다운 풍습입니다.

## 안목 커피거리

# 백화만발 자판기 커피의 진화

1980년 이전만 해도 안목은 작은 고깃배 몇 척이 한가롭게 떠 있던 바닷가에 낮은 슬래브 지붕 집들이 옹기옹기 어깨를 잇대어 모여 있던 해변이었습니다. 드넓은 백사장에 푸른 파도가 쉼 없이 넘나들고 밤이면 별빛이 쏟아지던 고요한 바닷가 마을이었죠.

언제부터인가 안목 해변에 커피 자판기가 놓였어요. 사람들이 '길 다방'이라 부른 그곳은 커피 맛이 좋다고 소문이 나기 시작했습니다. 1997년 IMF 때는 사업에 실패했거나 하루아침에 직장에서 해고당해 갈 데 없었던 사람들이 그곳 자판기에서 뽑은 커피를 마시면서 바다를 보며 마음을 달랬다고 합니다. 자판기에서 나온 달콤한 믹스커피는 상실감과 좌절감에 빠진 사람들을 다독이고 희망을 주었습니다. 시집《늙은 소년의 안목바다 이야기》를 펴낸 전찬

수 시인은 이렇게 이야기했습니다.

　　홀로 두 아들을 키우던 시절이기도 했다. 힘들 때마다 안목바다를 찾았다. 차 안에서 하염없이 울었다. 그 사실은 아무도 모른다. 바다만이 안다. 그렇게 바다에서 설움을 풀어냈다. 그리고 그 당시에 300개 넘게 늘어져 있던 자판기에서 300원짜리 커피 한 잔을 뽑아 마시곤 했다. 그렇게 시간을 견뎌 냈다. 그 시간은 이제 한 편의 시가 되고 있다.

안목 해변에 즐비했던 자판기는 주인에 따라 맛이 달랐습니다. 자판기 주인은 커피와 설탕과 프림만 넣은 게 아니라 미숫가루나 콩가루, 참깨까지 갈아 넣어 취향대로 골라먹는 단골까지 확보했으니 그분들이 이미 바리스타였습니다.

안목은 이제 자판기 대신 개성 넘치는 크고 작은 예쁜 카페가 많아졌습니다. 직접 콩을 볶아 커피를 내리고 특색 있는 빵을 구워 내놓기도 하죠. 안목 해변은 어디에 머물러 앉아도 바다를 보며 커피를 마실 수 있어요. 맑은 날에는 드넓은 파란 하늘을 보고, 비 오는 날에는 빗소리 들으며 커피 향에 취할 수 있습니다.

이제 강릉 사람들은 커피를 배우고 커피를 볶고 커피를 마십니다. 커피 덕분에 케냐나 에티오피아, 과테말라 같은 나라들이 왠지 친근합니다. 매년 10월이면 커피 축제를 엽니다. 커피 축제가 열리면 강릉은 커피향으로 넘실거립니다.

## 정동진역과 정동진시간박물관

# 시간의 동쪽에 가면

정동진역은 전 세계 기차역 가운데 바다와 가장 가까워서 기네스북에 오른 곳입니다. 경복궁(광화문) 앞 '원표석'을 기준으로 똑바로 동쪽에 있다고 해 이름이 '정동'이지요. 옛날 이곳에 '등명사'라는 절이 있었습니다. 이곳에서 스님들이 떠오르는 태양의 정기를 제일 먼저 받기 때문에 한양에 있는 임금이 받을 정기가 부족해서 해롭다고 이 절을 폐찰시켰다고 합니다. 지금은 '정동'보다 '정동진'이라는 표현을 더 많이 쓰지만, 제가 어렸을 때 정동은 품질 좋은 김과 미역이 나던 바닷가 마을이었습니다. 특히 조선시대는 정동의 김과 미역이 진상품으로 오를 정도로 품질이 뛰어났습니다.

정동진역은 동해의 푸른 빛깔과 장엄한 일출을 볼 수 있어서 관광객들이 많이 찾는 곳입니다. 1995년 SBS 드라마 '모래시계'가 방

영되기 전까지 정동진역은 하루 몇 번의 기적 소리가 전부인 한가롭기 그지없는 시골 간이역이었습니다. 모래사장 한편에 시커먼 석탄 더미를 쌓아놓은 저탄장이 우중충해 보였던 곳이, 2000년 21세기 시작을 알리는 일출 행사로 정동진은 전국 최고의 새해맞이 명소가 되었습니다.

짧은 기간 무분별한 개발의 후유증으로 정동진은 옛 정취와 소박한 시골역의 풍경을 잃었습니다. 어린 시절 기차로 지나던 정동진역의 모습은 이제 볼 수가 없어서 안타깝습니다. 하지만 초대형 모래시계와 '정동진시간박물관'에서 시간의 소중함을 돌아보고 새롭게 다가오는 시간을 만나는 것은 색다른 즐거움을 줍니다.

'정동진시간박물관'은 국내 최초로 시간을 테마로 한 박물관입니다. 증기기관차와 객차를 활용해 시계의 역사를 한눈에 볼 수 있고, 각양각색의 재미난 시계들로 눈이 휘둥그레지는 곳입니다. 고대의 해시계, 현대의 세슘 원자시계, 유럽과 미국과 아시아의 시계, 그리고 타이타닉호에서 발견된 세계에 단 하나밖에 없는 회중시계도 있습니다. 이 회중시계는 타이타닉호 침몰 당시인 1912년 4월 15일 새벽 2시 20분에 멈춰 버렸답니다. 단순한 시계가 아닌 예술품인 외국 작가들의 시계도 전시되어 있습니다. 이 박물관에서는 시간에 갇혀 살아가는 현대인의 자화상을 뒤돌아보고 1분이라는 시간의 소중함을 다시 생각해 볼 수 있는 장소입니다.

**환희컵박물관**

# 컵으로 만나는 세계 문화

세계 3대 박물관 중 하나인 러시아 '예르미타시박물관'은 특별합니다. 영국 런던에 있는 대영박물관은 식민지에서 약탈해 온 전시물이 많은 반면, 이곳 예르미타시박물관은 제정러시아 때부터 대를 이어 수집하고 기증받은 300만 점의 작품이 전시되어 있기 때문입니다. 이 박물관에 가야만 볼 수 있는 귀한 도자기가 강릉 안목 커피거리 입구에 있는 '환희컵박물관'에 있습니다.

러시아 최고의 도자기인 '로모노소프'는 세계 어느 도자기보다 얇고 견고하며 화려하지요. 1744년 러시아 표트르대제의 황후 엘리자베스가 설립한 황실 소유의 명품 도자기 브랜드입니다. 환희컵박물관에 있는 로모노소프 컵은 아름다운 러시아 여인의 얼굴 모양입니다. 이 컵은 러시아의 문화와 예술이 고스란히 담겨 있습

니다. 장인들이 수작업으로 빚고 순도 높은 금으로 핸드 페인팅을 한 기품 있고 화사한 작품입니다.

환희컵박물관에는 장길환 관장이 40년간 수집한 76개국의 컵을 비롯해 이탈리아 메디치가의 도자기, 프랑스 세브르 도자기, 독일 마이센 명품 도자기, 티베트의 문화가 담긴 두개골 뼈로 만든 컵 등 다양한 컵이 가득 차 있습니다. 수집가의 인생과 철학이 담긴 컵에는 이야기가 함께 숨어 있습니다.

운이 좋으면 관장님에게 직접 설명을 들을 수도 있습니다. 특히 최신 그래픽 기술을 이용해 현실과 가상의 세계를 합쳐 하나의 영상으로 보여 주는 3D 증강 현실 기법으로 스물두 개의 유물을 볼 수 있어서 신기합니다. 스마트폰으로 움직이는 유물을 요리조리 감상하고 활용해 볼 수 있거든요. 오랜 시간 봉인되어 있던 유물의 따스한 숨결을 스마트폰으로 느끼며 유물 안에 담긴 이야기에 귀 기울일 수 있다는 현실이 놀랍습니다.

우리나라 최초의 컵 박물관이자 아시아에서 유일한 '환희컵박물관'과 함께 볼 수 있는 '장길환미술관'에는 국내외 유명 화가들의 작품과 르네상스시대의 성화, 고대 인도 여신상 등이 전시되어 있습니다. 꼼꼼히 보느라 네 시간 넘게 머무른 적도 있답니다. 여러 번 이곳을 방문했지만 갈 때마다 새로운 박물관입니다. 아마 작품을 만든 장인들과 화가들의 예술혼이 스며 있기 때문일 겁니다.

## 참소리축음기박물관·에디슨과학박물관·영화박물관

# 축음기로 키운 꿈

축음기, 백열전구, 전화기, 영사기, 등사기, 선풍기, 전기난로, 재봉틀, 녹음기, 벽시계, 축전지, 세탁기, 다리미, 손전등, 토스터, 오븐, 커피 메이커, 헤어 컬링기, 와플기, 전기 프라이팬, 발전기, 강화 시멘트, 고속도로 시멘트, 베니어판, 고무 절연체, 전압 테스트기, 자동 복사기, 청소기, 믹서기, 유아용 변기 의자, 뮤직 박스, 말하는 인형, 전기를 이용한 배터리 자동차……. 우리 생활에 익숙한 이 물건들은 모두 에디슨의 발명품입니다. 최고의 발명가 에디슨은 평생 동안 1,093건의 물품을 발명하여 인류의 생활을 바꾸어 놓았습니다. 강릉 '참소리축음기박물관·에디슨과학박물관·영화박물관'에 가면 에디슨이 남긴 수많은 발명품을 볼 수 있습니다.

55년간 60개국을 다니며 에디슨의 발명품을 수집한 손성목 관장 역시 대단합니다. 그는 피아노를 연주하며 노래를 불러 주고 축음기로 음악을 들려주었던 어머니를 다섯 살에 잃었다고 합니다. 어머니의 흔적을 찾고 그리움을 달랬던 수단은 피아노와 전축이었다는군요. 3대 독자 아들이 집에만 틀어박혀 침울하게 지내자 아버지는 어머니가 쓰던 피아노와 전축을 팔아 버렸대요. 집 안 어디에도 없는 어머니의 흔적 때문에 매일 슬픔과 우울함에 빠져 서럽게 우는 여섯 살 아들을 달래기 위해 아버지는 포터블 축음기 '콜롬비아 G241'을 선물해 주셨다네요.

그 후 열네 살이 된 손성목은 삼촌이 가져온 고장 난 축음기를 밤새 씨름한 끝에 되살려 놓은 적이 있는데 그날 다시 들은 축음기 소리에 감동을 받았다고 합니다. 그래서 평생 축음기 소리와 음악으로 많은 이들과 공유하는 삶을 살겠다는 꿈을 꾸게 된 거죠. 그 꿈은 지금의 박물관을 만드는 원동력이 되었다네요.

박물관에는 '시간'을 저장하는 축음기를 비롯해 귀한 수집품이 셀 수 없이 많습니다. 헨리 포드가 제조해 에디슨에게 선물한 T자 동차와 세계에서 가장 긴 댄스오르간이 있어요. 1890년 독일에서 만든 배럴오르간은 아직도 연주가 가능하고, 1899년 미국에서 만든 레지나 스타일 뮤직 박스의 청아한 소리도 들을 수 있습니다. 1850년 독일에서 만든 폴리폰은 호두나무 몸체와 시계가 부착된 음악상자에서 레코드의 맑은 음색으로 소리를 들을 수 있으니 정말 놀랍기만 합니다.

영화박물관에 가면 영화의 역사가 담긴 수집품과 찰리 채플린이 주연한 영화를 볼 수 있습니다. 이곳은 하루 종일 돌아다녀도 다 보지 못할 정도로 볼거리가 넘쳐납니다. 저는 네 번이나 갔는데도 매번 새로웠습니다.

경포호수 옆에 있는 강릉의 귀한 보물 '참소리축음기박물관·에디슨과학박물관·영화박물관'에 가면 에디슨의 열정과 손성목 관장의 꿈을 함께 느낄 수 있을 것입니다.

# 근대 유산을 만나는 골목길

세월이 흐르고 세상이 변해도 그대로 머물러 있으면 하는 곳이 있습니다. 바로 자본의 논리와 개발이라는 명목으로 사라져 가는 풍경들입니다. 강릉의 관문이었던 명주동은 오랜 시간 강릉 읍성의 중심지였습니다. 일제강점기 유산인 일본식 주택이 남아 있고 고성古城의 흔적인 주춧돌도 볼 수 있기에 명주동 골목길의 매력은 세월의 색이라 할 수 있습니다. 담백한 수채화 같은 풍경이지요.

어린 시절 이곳을 걸으며 쌓았던 추억이 많아서 저에게 있어 명주동 골목길은 특별합니다. 친구들과 숨바꼭질하며 놀았고, 떡 찌는 냄새와 하얀 연기가 오르던 문화떡공장 앞을 지날 때면 군침을 흘리기도 했습니다. 파란 대문집 담장에 담쟁이넝쿨과 능소화가 그야말로 아우성치듯 앞다투어 만발하는 여름날의 풍경도 예뻤고

요. 요즘은 낡은 주택을 리모델링한 예쁜 카페와 상점까지 서면서 골목이 환해졌습니다.

실핏줄처럼 얽힌 골목길은 사람살이 이야기를 품고 있습니다. 남대천 제방 아래에는 어깨를 나란히 한 고만고만한 오래된 집들이 있습니다. 한두 사람이 겨우 비켜 지날 좁다란 골목도 있죠. 그래도 그 골목에서는 사람 냄새도 나고 외롭게 사는 가난한 이들의 체취도 느껴지죠.

임영로 99번길 골목을 걷다가 저도 모르게 탄성이 터졌습니다. 골목길을 채운 꽃들 때문입니다. 남대천의 범람을 대비해 쌓은 제방 경사진 면에 누군가 심고 가꾼 꽃들이 세월이 지나면서 멋진 정원이 되어 있었습니다. 경사진 빈 땅에 상추도 심고 오이도 심었으면 식재료로 거두었을 텐데 사람들이 그 대신 꽃을 심었어요. 꽃을 가꾸는 사람들은 마음이 따뜻하기에 진정한 행복이 무엇인지 아는 분들이라고 생각합니다.

## 주문진 가는 길

# 자전거로 달리는 바닷가 풍경

주문진을 떠올리면 왠지 진한 비린내가 코끝에 감깁니다. 지금은 주문진에서 강릉 시내까지 자동차로 30분 거리지만, 40년 전에는 비포장 도로에 울퉁불퉁하고 굽은 도로 구간도 꽤 있어서 버스로 1시간 정도 걸렸습니다. 주문진은 일제강점기에 부산과 원산 사이를 운항하는 화물선의 하역지로서 강릉을 비롯한 인근 지역에 물자를 공급했지요. 한류와 난류가 합류하는 어장이 가까워서 오징어, 명태, 꽁치, 정어리와 같은 수산물도 풍성했습니다.

한국전쟁 당시 '양양고개'라 부르던 산동네는 비탈진 경사면에 얼기설기 판자를 잇고 덧대어 거처를 마련한 피난민들이 차가운 해풍을 견디던 곳이었습니다. 등대에 불이 들어오면 수평선 가득 고기잡이배들의 불빛이 명멸했습니다. 사내들은 배를 타거나 그물

에서 생선을 걷어 내거나 지게질하며 고된 삶을 이어 갔습니다. 아낙들은 오징어나 명태의 배를 가르고 받은 품삯으로 생계를 이었습니다. 그리고 아침저녁 바다를 내려다보며 가장이 탄 고깃배가 만선의 깃발을 꽂고 돌아오기를 기다렸습니다.

뱃사람들의 애환이 서린 주문진의 등대마을에 가면 여전히 제 역할을 하는 등대를 만날 수 있습니다. 이 등대는 1918년 강원도에서 첫 번째로 세워졌습니다. 예전부터 주문진은 오징어와 명태는 물론이고 무연탄과 규사가 들고나면서 동해안을 대표하는 어업 전진기지로 호황을 누렸습니다. 높이 10미터 폭 3미터의 주문진등대는 우리나라 초창기 등대 건축 양식을 잘 살필 수 있어서 건축적 가치가 매우 높이 평가되고 있습니다. 등대마을과 가까이에 '소돌 아들바위공원'이 있습니다. 바람과 파도가 깎아 놓은 바위들이 절묘합니다. 해안 산책로를 따라 성황당까지 올라가면 탁 트인 해변의 절경을 감상할 수 있습니다.

주문진수산시장에는 온갖 생선과 해물을 이용한 먹거리가 풍성합니다. 건어물과 젓갈 종류도 다양합니다. 요즘 주문진 앞바다에서 전처럼 고기가 잡히지 않는다고 다들 걱정합니다. 환경 변화로 인한 바다 생태계가 변했기 때문인데요. 그래도 주문진 항구에 떠 있는 남진호, 동부호, 성덕호, 대한호, 희망호…… 무수한 배들은 제각각 사연을 품고 오늘도 푸른 바다를 가르며 만선을 꿈꾸고 있답니다.

　강릉에서 주문진으로 가는 해안도로는 참 아름답습니다. 푸른 바다를 곁에 둔 울창한 송림과 습지가 있고 개성 넘치는 예쁜 카페들을 곳곳에서 만날 수 있습니다. 사람들은 강릉에서 주문진까지 자동차를 타거나, 일부러 걷거나, 자전거나 오토바이를 타거나 해서 이동합니다. 주문진 쪽으로 달리는 자전거 행렬을 보면 참 부럽습니다. 가고자 하는 방향대로 바람을 가르며 달리는 모습이 시원해 보이고 자유로워 보이거든요. 저는 겁이 많아서 자전거를 배우지 못했습니다. 어려서 제대로 배웠어야 했는데 아쉽기만 합니다. 어쩌다 배울 기회가 있었지만 올라탄 자전거가 흔들거리니 무서워 그냥 내려 버렸지요. 자전거에 올라탔으면 흔들려도 가고자 하는 방향대로 계속 갔어야 했습니다. 넘어질 것 같으면 멈추면 되었는데 그걸 못해 자전거 타는 사람을 부러워하기만 한답니다. 생각하면 인생도 그렇습니다. 겁내지 말고 도전해 봐야 합니다. 실패해도 경험을 얻을 수 있으니까요.

## 닫는 글


강릉의 역사와 문화를 다룬 책들은 아주 많습니다. 저는 전문 지식을 가진 인문학자는 아니지만 강릉을 아끼고 사랑하는 마음을 품고 있습니다. 그동안 강릉에 살면서 강릉문화원 임영아카데미, 율곡연구원 부설 율곡평생교육원, 강릉평생학습관, 강릉문화재단의 히스토리 크리에이터, 강릉시농업기술센터 전통음식학교, 강릉로컬푸드연구소 '연미소'의 강릉 음식문화 해설사 양성 교육 등 강릉의 문화와 역사에 대한 강좌를 찾아다니며 공부했습니다. 해박한 지식을 전하며 열정적인 강의를 해 주신 훌륭한 강사님들 덕분에 강릉에서 나고 자란 것에 대해 자부심과 애정은 더욱 커졌습니다.

《도란도란 강릉 이야기》는 제 나름대로 해 온 강릉 공부의 결과물입니다. 이 책에 싣지 못한 내용은 다음에 또 다른 모양으로 선보

일 기회가 있을 거라 생각하며 아쉬운 마음을 접습니다. 아름다운 자연과 역사를 품은 강릉에 살고 있는 분들은 고개를 끄덕이며 읽었으면 좋겠습니다. 또 강릉을 알고 싶은 분에게는 또 하나의 강릉을 소개하는 안내서였으면 하는 바람입니다. 강릉을 사랑하는 제 마음도 잔잔하게 전달되기를 바라며 색연필로 그린 강릉 이야기가 '문화 도시' 강릉을 알고 이해하는 데 도움이 되었으면 좋겠습니다.

참고문헌

강릉문화원,《사진으로 보는 강릉·명주의 근대풍물》, 1992.

강릉문화원,《인문학으로 바라본 강릉》, 전진인쇄사, 2016.

강릉문화원,《임영문화 제44집》, 2020년 12월호.

강릉사투리보존회,《강릉 말(사투리) 이해》, 청송출판사, 2018.

강릉사투리보존회,《낫쎄요 상구두쎄요》, 원영출판사, 2011.

강릉시,《강릉 SNS서포터즈들이 소개하는 아름다운 강릉 이야기》, 2017.

강릉시,《강릉시 문화재대관》, 해람기획, 1995.

강릉시,《강릉의 문화유산》, 해람기획, 1999.

강릉시,《새벽바다 머금은 초당두부》, 강릉농업기술센터, 2011.

강릉시,《솔향 담은 상차림》, 강릉농업기술센터, 2018.

강릉시청 위생과,《맛있는 강릉》, 2013.

강릉원주대학교 산학협력단,《2018 강릉무형문화유산연구 학술대회-강릉
    무형문화유산 전승 현황과 과제》, 난설헌출판사, 2018.

강릉향교 700년사지 편찬위원회,《강릉향교 700년사지》, 강릉향교, 2013.

고기은 외,《나는 강릉에 삽니다》, 참깨, 2020.

관동문학회, 제3회 강릉단오제 발전을 위한 축제 포럼《2014 강릉단오문학
    세미나》, 2014.

권우태 외,《강릉이래요-10인 10색 강릉 이야기》, 해토리, 2021.

김기설,《강릉에만 있는 얘기》, 민속원, 2000.

김기설,《강릉 지역 지명 유래》, 인애사, 1997.

김동철,《천년 솔향의 토박이 소리》, 성원인쇄문화사, 2021.

김동철,《한민족의 얼 아리랑 그리고 강릉사투리》, 성원인쇄문화사, 2020.

김명환 편저,《강원지방 옛 지명 – 유래·전설·풍습》, 강원지방옛지명연구소,
     2001.

김인기,《강릉방언대사전》, 동심방, 2014.

김흥술,《강릉의 도시변천사 연구》, 경인문화사, 2015.

독서아카데미 강릉시 평생학습관,《호서장서각, 로컬이 글로벌이다》, 2021.

동양자수박물관,《버선본집 이야기 전》, 2020.

동양자수박물관,《소담한 침선 소품 이야기》, 2021.

박도식,《강릉의 동족마을》, 강릉문화원, 2012.

박도식,《강릉을 담은 역사와 문화》, 태학사, 2017.

신주봉 그림,《허균의 홍길동전》, 한국예총 강릉지부, 2000.

율곡학회,《율곡과 강릉 이야기》, 원영출판사, 2005.

이종덕,《스토리, 강릉》, 강릉문화재단, 2014.

임영민속연구회,《해설이 있는 문화답사 강릉》, 협신출판사, 2013.

조선총독부,《강릉생활실태조사》(1930), 강릉문화원, 2002.

차장섭,《자연과 역사가 빚은 땅 강릉》, 역사공간, 2013.

차정섭 외 6명,《강릉 문화 이야기》, 강릉문화재단, 해람기획.

최철,《강릉, 그 아득한 시간 해방 전후와 전란기》, 연세대학교출판부, 2005.

최현숙,《모두가 꽃이다》, 해례원, 2015.

홍인희,《우리 산하에 인문학을 입히다1-정철도 몰랐던 21세기 관동별곡》,
     교보문고, 2011.

홍인희,《우리 산하에 인문학을 입히다2-내딛는 걸음마다 잠든 이야기가 깨
     어난다》, 교보문고, 2013.

강릉 풍물 지도